Margarete Barainsky

Was aus uns wurde

AF237677

Was aus uns wurde

In diesem autobiografischen Roman schildert die Autorin eindrucksvoll ihre von Krieg und Umbrüchen geprägten Erfahrungen aus der Zeit zwischen 1934 und 1954.

Margarete Barainsky wurde 1927 in Schlesien geboren. Sie stammt aus einer Musikerfamilie. 1945 flüchtete sie mit ihren Eltern aus Schlesien, 1947 heiratete sie in Berlin, 1954 musste sie mit ihrem Mann das damalige Ostberlin verlassen, 1971 zog die Autorin mit ihrer Familie nach Vlotho.

Margarete Barainsky
Was aus uns wurde

Verlag BOD, Norderstedt.

Ich danke meiner Tochter Gabriele,
Frau Tabea und Herrn Christian Peitz
für die freundliche Mithilfe
bei der Veröffentlichung dieses Buches.
M. B.

Alle Rechte vorbehalten.
Copyright © 2020.
Margarete Barainsky, Vlotho.
Umschlaggestaltung: Tabea Peitz, Lüdinghausen.
Herstellung und Verlag:
BoD - Books On Demand, Norderstedt.
ISBN 978-3751977098

Inhalt

Die Jugendzeit in Schlesien.................................... 7

Kriegszeit. Das politische Drama....................... 31

Auf der Flucht 54

Die Nachkriegszeit 80

Eine neue Zeit beginnt! 103

Die Jugendzeit in Schlesien

Heute, recht betagt, denke ich: „Mein Leben war schön! Wunderschön!" Allerdings hätte ich auf viele Ereignisse, die immer wieder mein Leben veränderten, verzichten können! Wenn nur diese verhängnisvolle Politik nicht gewesen wäre, die den Menschen so großen Schaden zugefügt hat.

Die Generation, die zur Hitlerzeit noch Kind war, wird noch heute oft als „die Nazis" bezeichnet, häufig von Menschen, die damals noch nicht geboren waren. Dann fühle ich mich in die Verteidigung gedrängt und meine Generation diskriminiert. Der dunkle Schatten jener unseligen Zeit begleitet uns ein Leben lang.

Gerne erinnere ich mich an meine Kindheit in meiner Heimat, dem geliebten Schlesien, im Hause meiner Großeltern. Wir waren fröhliche Kinder - mein drei Jahre älterer Bruder Hans, mein zwei Jahre älterer Cousin Heinz und ich. Wir tobten durch den Garten, wir spielten Könige, Kaiser und Soldaten, wir bauten Hütten und einen Iglu aus Schneerollen, in dem wir Weihnachten am Nordpol feierten. Wir lasen Bücher, die uns gefielen. Die Jungen lasen Karl-May-Bücher, und ich las die Nesthäkchen-Bücher von Else Uri, und immer wieder mein Lieblingsbuch „Lore von Breuning" von Reinhold Goebel über Beethovens Jugendzeit.

Als Hitler 1933 an die Macht kam, fiel mir als Fünfjähriger auf, dass einige Leute meinen Onkel, der oft am Gartentor stand und sich mit Freunden oder Vorübergehenden unterhielt, nun mit „Heil Hitler" grüßten, wobei sie den rechten Arm erhoben. Nachdem ich das eine Weile beobachtet hatte, fragte ich die Mama, weshalb manche Leute nicht mehr „Guten Morgen Herr Mettke" sagten, sondern „Heil Hitler". Die Mama überlegte nicht lange. Ich habe das bis heute nicht vergessen. Sie sagte: „In Berlin regiert jetzt der Herr Hitler, deshalb grüßen die Leute nun so." Ich wunderte mich: „Aber das hört doch der Herr Hitler in Berlin nicht!" Das war meine erste Begegnung mit dem deutschen Gruß!

Im Jahr 1934 wurde ich eingeschult. Das war ein großes, wunderbares Ereignis. Mein Bruder und mein Cousin konnten schon lange lesen und schreiben, und das wollte ich auch können, zumal mich mein Cousin mit seinen Vorlesungen ganz und gar nicht entzückte. Ich wollte nicht „Max und Moritz" hören, denen es schlecht erging. Ich wollte lesen, was mir gefiel! Von Elfen und Zwergen!

In unseren langen kalten Wintern mit viel Schnee, gingen wir zum Rodeln. Außerhalb des Dorfes lag der Krupfelberg, doch wir gingen zum „Töpperberg", der mitten im Dorf lag, abseits von der Hauptstraße. Eigentlich war der Töpperberg gar kein richtiger Berg. Vor vielen, vielen Jahren, als Rauße eine kleine Töpferstadt gewesen war, bauten dort die Töpfer ihren Ton ab. So war eine Grube entstanden, in die wir hineinfuhren. Es war ein großes Vergnügen, dort zu rodeln, unweit der Kirche! Niemand störte uns. Unser fröhliches Geschrei war weithin zu hören. Wenn es dunkelte, trotteten wir müde nach Hause, und Stille trat am Töpperberg ein. Ich ging mit Heinz, der mich meist auf dem Schlitten zog, nach Hause, und der Hans kam vom Schlossteich vom Schlittschuhlaufen zurück.

Zu Hause wurden wir von der Großmutter erwartet, zu der wir, wie unsere Eltern, „Mutter" sagten. Sie fegte uns im Hausflur den Schnee von den Schuhen und klopfte den festgefrorenen Schnee aus unseren Jacken. Am großen Kachelofen wurden unsere gelb-braun-gestreiften Filzschuhe gewärmt. Meine Schuhe, richtige Mädchenfilzschuhe, hatten noch einen dicken Pompon „vorne drauf". Voller Freude schlüpften wir in die warmen Schuhe. In Mutters Wohnstube nahmen wir Platz, und Cousine Martha servierte uns Bratäpfel. Die knusprigen, gold-gelben Äpfel wurden noch mit Zucker bestreut. Martha, die bei der Mutter lebte, hatte eine spitze Zunge und bedachte nach Möglichkeit alles mit bissigen Kommentaren: „Nun esst wie anständige Leute und verbrennt euch nicht wieder vor lauter Gier den Rüssel!" Diese Bemerkung beachteten wir nicht, wir freuten uns auf die Abendstunde bei der Mutter. Ich erinnere mich noch genau an ihr liebes Gesicht. Die weißen Haare waren in der Mitte gescheitelt und glatt nach hinten gekämmt. Sie war eine mittelgroße schlanke Frau, und von ihr ging so viel Wärme aus, dass wir sie alle liebten - besonders ich!

Wenn die Mutter mit uns am Tisch saß, erzählte sie „von Früher", von unserer Familie, die schon seit Generationen in Rauße lebte, und davon, daß fast alle Männer aus der Familie zwei Berufe hatten. Mein Urgroßvater, im Kirchenbuch als Weber und Musikus eingetragen, hatte die Musik in unserer Familie zum Beruf gemacht und die Kapelle gegründet und einige Musiker selbst unterrichtet. Wir konnten nicht genug davon hören, zumal die Kapelle noch bestand und von meinem Vater und Onkel geleitet wurde. Das Repertoire der Kapelle reichte von Tanzmusik über Operetten bis hin zum Oratorium; in letzterem traten natürlich Berufssänger auf. Ich war sehr stolz darauf, dass die Mama in den Operetten, die in einem Gasthof in dem großen Saal mit Bühne aufgeführt wurden, mitsang.

Wenn die Mutter im Licht der wunderschönen großen Lampe erzählte, glaubte ich fest daran, dass ich einmal Mutters Stelle einnehmen, ihre Nachfolgerin werden würde. Ich glaubte, dass ich einst in ihrer Wohnstube mit dem hohen weißen Kachelofen am Tisch sitzen würde und von der herrlichen Lampe beschienen, meinen Enkelkindern „von Früher" erzählen würde. Niemand konnte zu dieser Zeit ahnen, dass es nie dazu kommen würde.

Anders waren die Abende mit der Mama. Sie las uns Märchen vor und strickte dabei Strümpfe. Das würde ich nie können! Zu den Märchenabenden kamen aber nicht nur wir Kinder! Die Mutter und Tante Meta, Heinz Mama, waren auch dabei. Zum Abschluss der Märchenstunde erzählten wir von Weihnachten, tranken Tee und kosteten von dem Weihnachtsgebäck, dem Pfefferkuchen, den die Mama und die Tante Meta gebacken hatten.

Wir waren voller Vorfreude. Der Hans übte auf dem Klavier „das Weihnachtsstück", und an den Nachmittagen ging er mit dem Heinz zu den Chorproben in die Kirche. Am Heiligen Abend, in der Christnacht, sangen die Schüler unter der Leitung des Kantors von verschiedenen Emporen aus die schönsten Weihnachtslieder. Ich saß dann still an Papas Seite und hörte zu und wünschte mir sehnlichst, endlich dabei zu sein, zu singen in der herrlichen, alten Kirche, die schon dreihundert Jahre alt war. Die Kirche, in der die Mettkes getauft, konfirmiert und getraut wurden, und dort wohl auch ihre letzte Andacht erhalten haben.

Am Morgen des Heiligen Abend bekamen der Hans und ich manchmal noch einen Auftrag. Frau Pukalla, die Bäckermeisterin von nebenan, meine Patentante, kam zur Mama und fragte, ob der Hansel und die Gretel so lieb sein würden, herüber zu kommen, um den Christbaum zu putzen. Bei ihnen habe keiner Zeit dafür, aber sie möchten doch am Abend feiern. Natürlich hatten wir beide Zeit! Entweder haben Kinder nie Zeit, oder sie sind zu allem bereit. Wir beide, Hans und ich, fühlten uns geehrt, dass wir die herrliche Tanne, die schon im Wohnzimmer stand, putzen durften. Alles, was den Baum zieren sollte, stand bereit. Niemand gab uns Anweisungen, und wir schmückten voller Begeisterung nach unseren Vorstellungen den Baum. Ich reichte dem Hans, der auf der Rütsche stand, die Kugeln und auch das Lametta zu. Sorgfältig hängten wir Faden für Faden das Silberlametta auf. Die Kugeln wurden gut verteilt, und auf den Astspitzen knipsten wir die Lichtertüllen fest. Bewundernd standen wir, sehr angetan von dem Ergebnis unserer Bemühungen, vor dem Baum. Alle, Frau Pukalla, Herr Pukalla der Konditormeister, die Gesellen, Fräulein Metel, die den Laden leitete, und das Hausmädchen begutachteten unser Kunstwerk. Sie freuten sich darüber und lobten uns. Wir fühlten uns geehrt und wir bekamen für unsere Mühe jeder eine Sarotti-Schokolade geschenkt.

Frohgelaunt liefen wir nach Hause und konnten Mama und Papa unsere Gage präsentierten und von der schön geschmückten Tanne berichten. Dann war es aber Zeit für die Christnacht.

Es gab in Schlesien nach Weihnachten noch einen winterlichen Höhepunkt – die Federkirmes. Viele Leute fütterten Gänse für den Weihnachtsbraten. Aber nicht nur der Braten war wichtig, die Gänsefedern wurden hoch geschätzt! Pukallas fütterten mehrere Gänse. Wenn der Braten verzehrt war, bat Frau Pukalla die Mutter Reinhold, die in unserem Hause wohnte, die Gänsefedern zu schleißen. Nun kamen an jedem Abend einige Frauen zu Mutter Reinhold, und sie schlissen emsig die Federn. Die geschlissenen Federn wurden in große Inletts gefüllt, die kleinen Kiele wurden verwahrt. Die großen Kiele waren Abfall - der Federhalter hatte die Federkiele zum Schreiben längst abgelöst.

Beim Schleißen, das nicht nur eine nützliche Beschäftigung, sondern auch ein willkommener Treff war, wurden die tollsten, meist gruseligen Geschichten, erzählt! Wir drei Kinder hätten gerne zugehört, doch wir mußten zeitig ins Bett gehen. Wieder einmal mischte die Martha mit! Sie erschien fast jeden Abend in der Runde. Wenn einer von uns Dreien dazu kam, sorgte sie dafür, dass wir wieder verschwanden, da „das ja nichts für Kinder wäre!".

Wenn die Federn alle geschlissen waren, wurde endlich das große Fest, die Federkirmes, gefeiert. Frau Pukalla lud all die fleißigen Frauen als „Dankeschön" dazu ein. Die Frauen kamen im Sonntagskleid. Sie nahmen an der Tafel Platz und ließen sich bedienen. Erst gab es ein warmes Essen mit Braten, Sauerkraut und Klößen, danach saß man lange beim Punsch zusammen, bis Herr Pukalla die extra für dieses Fest gebackene Torte auf den Tisch stellte. Mit Kaffee und Kuchen endete der Federkirmesschmaus erst spät am Abend.

Wenn endlich nach einem langen, kalten Winter die Eiszapfen von den Dächern fielen und der Schnee taute, schauten der Heinz und ich im Vorgarten nach, ob die Schneeglöckchen schon zu sehen waren. Oft entdeckten wir unter den Schneeresten, sehr zu unserer Freude, kleine grüne Spitzen. Das war das Ende des Winters! Aber so richtig Frühling war erst, wenn die Störche kamen und ihr altes Nest auf dem Brennereischornstein bezogen. Dann liefen wir hinaus und schauten ihnen zu, wie sie hoch oben ihre langen Hälse nach hinten legten und uns mit Schnabelgeklapper, das weithin zu hören war, begrüßten.

Natürlich gehörte auch Ostern zum Frühling! Zu den evangelischen Kindern kam der Osterhase in Schlesien am Gründonnerstag. An diesem Tag schauten wir gleich am Morgen vom Küchenfenster aus hinunter in den Garten. Da, wo die lange Stachelbeerhecke begann, waren die Nester aus Heu zu sehen, in denen braune, noch warme Eier lagen, die wir zum Frühstück verzehren sollten. Die Mutter verwendete nie bunte Osterwolle für ein Nest, sie formte es aus Heu. Auch die Eier färbte sie selbst in einem Sud aus Kräutern und Zwiebelschalen.

Manchmal waren wir zu Ostern nicht zu Hause, denn wir hatten ja noch eine Oma und einen Opa, Mamas Eltern, zu denen wir nach Oberschlesien fuhren. Herr Pukalla brachte den Hans, die Mama und mich mit der Kutsche nach Maltsch zum Bahnhof. Von Maltsch aus fuhren wir tiefer nach Schlesien hinein. Wenn der Zug aus strahlender Sonne in Breslau in die riesige Bahnhofshalle mit den vielen Lampen einfuhr, schauten wir neugierig zum Fenster hinaus. Immer glaubte ich, der Zug würde zu schnell fahren, um halten zu können, und aus Versehen einfach weiterfahren.

In Breslau stiegen wir um. Wir mussten mit einem kleinen Zug weiterfahren. Immer wieder begeisterten mich die hohe, imposante Halle, der Geruch der Bahn, das Ankommen und Abfahren, die vielen Züge und die vielen, vielen Menschen, die ein- und ausstiegen. Das war eine schöne, bezaubernde, berauschende, aber auch geheimnisvolle Welt. Männer in weißen Jacken schoben hohe Wagen, auf denen viele herrliche Dinge lagen und an einem Gestell Weintrauben hingen, über die Bahnsteige. Sie riefen: „Leibniz Keks! Mandarinen! Schokolade!"

Wenn unser Zug aus dem Bahnhof hinausfuhr, hatte ich das Gefühl, aus einem herrlichen Rausch in eine andere Welt zu fahren, hinein in die Stille, die sichtbar war. Die Felder rundum, die Dörfer, die kleinen Bahnstationen, alles war plötzlich anders. In Altgrottkau stiegen wir aus und gingen zu Fuß nach Endersdorf zu Oma und Opa.

Auch dort war es anders als zu Hause. Oma und Opa wohnten in einem kleinen Haus. Ich fühlte mich zu ihnen nicht so hingezogen wie zur Mutter. Die Oma war eine große, kräftige Frau, deren Aussehen mir als kleinem Mädchen Respekt einflößte. Der Opa war groß und hager. Er hatte einen Bart und trug auf seiner Weste eine dicke, goldene Uhrkette. Oft saß er im Wohnzimmer in seinem Korbstuhl mit der hohen Rückenlehne und rauchte eine Pfeife, die bis zur Erde reichte. Sie hatte einen bunten, bemalten Porzellankopf, in den der Tabak gefüllt wurde.

Für uns Kinder hatte er Wägelchen gebastelt. Meines hatte eine Rückenlehne, damit ich die Puppe ausfahren konnte; der Wagen von meinem Bruder war wohl für den Transport von Sand gedacht. Nun aber waren sie mit bunten Eiern gefüllt, was bei uns großen Jubel auslöste.

Wenn wir nach Endersdorf zu Besuch kamen, hatte die Oma bei dem Bäcker stets eine wunderbare Torte bestellt, und außerdem hing in der Küche ein gehäkelter Beutel, in dem Tüten mit Bonbons, Kokosflocken und Schokolade lagen, die die Oma für uns gesammelt hatte. Die Oma backte auch Schlesischen Streuselkuchen, über den nicht nur wir uns freuten. Oft kam eine Nonne aus dem kleinen Kloster, das wohl von dem ortsansässigen Grafen unterhalten wurde, zu Besuch. Die Nonnen führten einen Kindergarten, eine „Spielschule", der besonders in der Erntezeit in Anspruch genommen wurde, wenn die Eltern der Kinder aus dem Dorf auf den Feldern arbeiteten. Neugierig gingen der Hans und ich dorthin, denn wir hatten noch nie eine Spielschule gesehen - und einen Kindergarten kannten wir auch nicht. Die Nonnen waren sehr lieb; sie bastelten mit uns und beschäftigten sich mit jedem Kind. Besonders schön fanden wir die Frühstückspause, die wir mit all den Kindern, an kleinen Tischen verteilt, erlebten. Jedes Kind hatte eine eigene Tasse, die an einem Brett an der Wand hing, und für uns beide waren auch solche Tassen da. Zum Abschied bekamen wir ein kleines Osternest mit einem Schokoladenhasen geschenkt.

Unser Papa kam zu den Feiertagen auch nach Endersdorf, und wenn wir dann gemeinsam nach Hause fuhren, musste er mit uns den schönen Bahnhof in Breslau bewundern. Schon als kleines Mädchen merkte ich mir den Schriftzug „Breslau", obwohl ich noch nicht lesen konnte, doch die Buchstaben waren mir sehr vertraut. Natürlich konnte ich damals nicht ahnen, dass sie einst für mich nur eine wehmütige Erinnerung sein würden.

Im Frühling feierten wir Kinder noch ein Fest, das in der Gegend von Liegnitz begangen wurde, den Sommersonntag! Er war ein bewegliches Fest; Mama wusste immer genau, wann der Sommersonntag sein würde.

Jeder von uns besaß einen Sommerstecken, den wir zum Singen mitnahmen. Diese Stecken waren reichlich mit Papierblumen und bunten Bändern verziert, und ein jeder von uns wollte den schönsten zum Sommersingen haben. Ein weißer Leinenbeutel, den man über die Schulter hängen konnte, gehörte zu der Ausrüstung. Der Beutel war sehr wichtig, denn dort hinein legten wir die Gaben, die wir erhielten. Frühlingslieder singend zogen wir von Haus zu Haus. Es gab aber auch Lieder speziell für dieses Fest, die oft Lob priesen, oder auch Verärgerung ausdrückten, wenn wir in einem Haus zu wenig, oder gar nichts bekamen. Ich erinnere mich noch an das Lied:

„Rotgewand, Rotgewand, schöne grüne Linden,

suchen wir, suchen wir, wo wir etwas finden.

Gehn wir in den grünen Wald,

singen die Vöglein jung und alt,

sie singen ihre Stimmen,

Frau Wirtin sind Sie drinnen?

Sind Sie drin so komm' Sie raus

und teilen uns die Gaben aus!
Wir könn' nicht lange stehen,
wir müssen weiter gehen......".

Meist bekamen wir goldgelbe Brezeln, die extra für diesen Tag gebacken wurden. Sie waren weich und locker, sie schmeckten wunderbar. Beim Bäcker im Schaufenster hing eine lange Girlande aus diesen Brezeln. Oft war unser Beutel prall damit gefüllt. Nirgendwo habe ich je wieder von dieser reizenden Sitte gehört, nirgendwo war Sommersingen!

Ein besonders schönes Fest wurde in diesem Jahr zu meinem Geburtstag gefeiert. Da er auf einen Sonntag fiel, war der Papa zu Hause, und es würden viele Gäste kommen. Tante Emma und Tante Käte aus Berlin waren schon eingetroffen, und sie hatten tolle Dinge mitgebracht.

An meinem Geburtstagsmorgen aber regnete es. Ich war den Tränen nahe, doch der Papa sagte, dass zu Mittag der Regen aufhören würde. Darauf verließ ich mich, denn der Papa hatte noch nie etwas versprochen, was er nicht hätte halten können. Und wirklich! Nach dem Mittagessen räumten wir bei Sonnenschein Tische und Stühle in den Garten. Für uns Kinder wurde der niedrige Tisch aus der Waschküche, auf dem sonst die Waschkörbe abgestellt wurden, in den Garten gebracht. Mama kochte auf einem Spirituskocher Kaffee, und Tante Emma und Tante Meta deckten die Tische, und vor jeden Teller wurde ein kleines Geschenk gestellt. Die Damen bekamen einen Sarotti-Blumentopf mit einer schönen Blüte, und die Männer kleine

Schokoladenfläschchen mit Rotwein. Auf dem Tisch für die Kinder standen allerlei Marzipantierchen. Es sah alles so schön aus! Wir Kinder, inzwischen waren wir neun, suchten uns Plätze aus, ein jedes vor dem Marzipantierchen, das ihm besonders gefiel.

Es war, als hätten auch die Männer Geburtstag! Beim Sackhüpfen wollten sie mitmachen. Wir waren enttäuscht, dass wir nicht anfangen durften, dann aber amüsierten wir uns köstlich, denn keiner der „Großen" erreichte das Ziel, ohne hinzufallen. Beim Bonbonregen allerdings durften die Männer nicht mitmachen. Der Hans kletterte auf einen Baum und warf die Bonbons herunter. Das war ein großes Vergnügen!

Am Abend zogen wir singend mit unseren Stocklaternen durch den Garten. Der Höhepunkt aber war, als die Männer ihre Instrumente holten und ein richtiges Konzert veranstalteten. Wir Kinder tanzten und sangen dazu. Nun kamen auch Zuhörer in den Garten, Nachbarn und Bekannte, die sich fröhlich unter die Gesellschaft mischten.

Noch im Bett hörte ich von weitem die Musik an dem schönsten aller Tage. Einen Blick warf ich auf die Rose, die mir die Mama heute Morgen ans Bett gestellt hatte - vollkommen glücklich schlief ich ein.

Im Jahre 1936 fand die Olympiade in Berlin statt. Alle redeten von dem großen Ereignis. Als unsere Eltern uns mitteilten, dass mein Bruder und ich nach Berlin - eigentlich Röntgental bei Berlin - fahren durften, waren wir total begeistert und konnten vor Aufregung kaum den Tag der Abfahrt erwarten. Natürlich war auch der Heinz dabei. Er war immer dabei, wir Drei gehörten zusammen.

Am Tage der Abfahrt wurden wir von unserem Nachbarn in seinem Landauer nach Maltsch zum Bahnhof gefahren. Der Papa brachte uns wie immer in den Zug und überzeugte sich davon, dass wir Drei zusammen sitzen konnten. Ich hatte jedes Mal Angst, dass er es nicht schaffen würde auszusteigen, bevor der Zug sich in Bewegung setzte. Er beeilte sich und schaffte es immer!

Schon die Fahrt war einfach toll. Wir saßen in dem schnaubenden, schwarzen Zug, der durch die Gegend raste. Die Bäume und Häuser waren verschwunden, kaum dass man sie gesehen hatte. Was konnte schöner sein, als so sicher und bequem durch unser Land zu fliegen? Der Hans erklärte uns, wo die Mark Brandenburg begann. Schon in Liegnitz, der ersten Station nach Maltsch, erzählte er von der Schlacht bei Liegnitz, denn er war der Beste in Geschichte.

Im Bahnhof Friedrichstraße wurden wir von unserem Cousin Kurti, Tante Emmas Sohn, abgeholt. In Röntgental bei Tante Emma im Garten und in Tante Kätes Kaffeepavillon spielte ich mit Tante Kätes Töchtern, Margot und Edith, stundenlang mit den wunderschönen Babypuppen im Strampelanzug und den schönen Puppenmädchen mit den echten Haaren in den rosa Kleidchen. Aber auch mit den vorhandenen Kartenspielen, vom „Schwarzen Peter" bis hin zum „Städtequartett", verbrachten wir viel Zeit.

Die Jungen „trainierten" am Reck und auf der Schaukel für „Olympia". Von unserem Cousin Kurti bekamen sie Fußballhemden geschenkt, auf die sie sehr stolz waren und die sie in Schlesien ihren Freunden zeigen wollten.

Dann endlich kam der Tag, an dem Tante Emma mit uns, Tante Käte und deren Kindern in der S-Bahn nach Berlin fuhr. In der Friedrichstraße stiegen wir in ein offenes Taxi. Wir Kinder knieten uns auf die Rücksitze und winkten mit den weißen Olympiafähnchen den vielen, vielen Menschen zu, die durch die Straßen eilten. Was wir da sahen, war kaum zu fassen! Alles war so groß, so neu und schön.

Wieder zurück in Schlesien, spielten wir mit unseren Freunden Olympiade. Die Jungen spielten Fußball und ich mit meiner Freundin „Tennis" - mit Tischtennisschlägern. Ich erzählte ihr viel von Berlin und davon, dass ich gerne einmal allein dorthin fahren möchte. Ich war doch schon groß! Ich liebte diese tolle Stadt!

Mit neun Jahren durfte ich dann wirklich ganz allein, ohne Begleitung, die gewünschte Reise antreten. Ich bat meine Eltern, Tante Emma nicht von meiner Ankunft zu benachrichtigen. Ich wollte nicht abgeholt werden.

Alles klappte gut! Der Papa begleitete mich in das Abteil, und er schaffte es wieder, vor Abfahrt des Zuges auszusteigen. Ich winkte ihm aus dem Abteilfenster, ich fühlte mich erwachsen! Als in der Märkischen Heide die schönen Wälder mit den breiten Wegen in Sicht kamen, freute ich mich. Ich nannte sie „Streichholzwälder". Die Kiefern waren hochgewachsen und hatten ganz oben eine Krone. Sie sahen wirklich aus wie riesige Streichhölzer, ganz anders als unsere Wälder mit den mächtigen, uralten Eichen und den schönen Tannen, die schon unten am Stamm richtige Äste hatten.

Bahnhof Friedrichstraße stieg ich aus dem Zug und ging hinunter zur S-Bahn-Station. Ich würde mit der S-Bahn Richtung Bernau fahren und in Röntgental aussteigen. Da ich für diesen Zug noch eine Fahrkarte lösen musste, stellte ich meinen Koffer auf dem Bahnsteig ab und bat einen Mann, darauf aufzupassen. Ich wollte mir ja nur schnell am Schalter eine Fahrkarte lösen! Das tat ich auch, ging zurück zu meinem Koffer, bedankte mich bei dem Mann und stieg in den nächsten Zug Richtung Bernau.

Es war ein tolles Gefühl, ganz allein zu reisen. So sehr ich mich auch auf dem Bahnhof Friedrichstraße umgesehen hatte, hatte ich niemanden entdeckt, der mich dort hätte abholen wollen.

In Röntgental lief ich beschwingt mit meinem Köfferchen zu Tante Emmas Haus. So eine Überraschung……..

Ich habe nie erfahren, ob mich nicht doch jemand heimlich, unbemerkt „abgeholt" hat.

Mit zehn Jahren begann wieder ein neuer Lebensabschnitt. Ich ging, wie alle Mädchen in meinem Alter, zu den Jungmädeln. Natürlich gefiel uns die Tracht, der blaue Rock und die weiße Bluse, aber keine von uns besaß eine Tracht. Das machte uns kaum etwas aus. Wir trafen uns nach Vereinbarung, da wir weder ein Heim noch einen festen Treffpunkt hatten. Ich erinnere mich noch an einen Sonntag, an welchem die Tochter des Gutsbesitzers mit ihrem Ponywagen ins Dorf kam und die

Mädchen, die zur Verabredung gekommen waren, in ihrem luftigen Gefährt mit auf die Wiese am Waldesrand nahm. Gemeinsam hoben wir die große Kanne mit Milchkaffee und den Korb voller Kuchen aus dem Wagen. Auf der Wiese setzten wir uns in einem Kreis zusammen und verzehrten mit großem Vergnügen die Vesper aus dem Gutshaus. Wir sangen und hatten bei lustigen Spielen viel Spaß miteinander.

So verstrich die Jungmädelzeit, ohne dass wir sie richtig wahrnahmen. Ich erinnere mich aber noch an die Julklappfeste, die wie der Nikolaustag mit einem Geschenk gefeiert wurden. Dort lernten wir das alte deutsche Weihnachtslied „Hohe Nacht der klaren Sterne".

Die Wiese am Waldesrand hatte für uns Kinder noch eine besondere Bedeutung. In unregelmäßigen Abständen - vielleicht ein Jahr oder weniger - fuhr ein bunter, kleiner Wohnwagen durch unser Dorf, und die Kinder riefen: „Die Zigeuner sind da!". Neben dem bunten Wagen, der von zwei kleinen Pferden gezogen wurde, liefen einige schwarzhaarige Kinder, und am Ende des Wagens trottete müde, mit einer kurzen Kette um den Hals und einem Ring durch die Nase gezogen, ein brauner Bär. Natürlich wollten wir dieses riesige gefährliche Tier aus der Nähe sehen. Der Bär schaute nicht nach rechts oder links, er beachtete uns nicht. Er sah traurig aus. Wir hätten so gerne etwas Gutes für ihn getan, aber keiner traute sich an ihn heran. Der Wagen mit seinem Gefolge fuhr auf die Wiese am Waldesrand. Dort schlugen die Zigeuner ihr Lager auf.

Es dauerte nicht lange, und ein schwarz gelockter Mann mit zwei Geigenkästen unter dem Arm stand vor Onkel Pauls Wohnungstür. Bald klang wunderschöne Geigenmusik durch das Haus. Wir Kinder lauschten im Hausflur dem Spiel. Manchmal spielte der Onkel Paul allein, dann sein Gast, aber besonders schön klang es, wenn beide zusammen musizierten. Eine Weile später hörte man die beiden Männer miteinander reden, und schließlich verließ der Besucher mit nur noch einer Geige unter dem Arm sichtlich zufrieden das Haus.

Am Abend schlichen einige Jungen aus dem Dorf in die Nähe der Wiese. Sie berichteten anderntags, gesehen zu haben, dass über dem Lagerfeuer an einem langen Spieß ein großes Tier, wohl ein Reh, gebraten wurde.

Am nächsten Abend veranstalteten alle, die mit dem kleinen Wagen gekommen waren, eine Zirkusvorstellung auf dem Dorfplatz. Es war erstaunlich, wie viele Menschen es waren. Zwischen zwei Pfählen war ein Seil gespannt worden, und ein Mädchen in einem Glitzerrock trat mit einem aufgespannten Schirm in der Hand als Seiltänzerin auf. Wir Kinder waren begeistert und bewunderten die Tänzerin im Glitzerrock. Ein Mann, mit schwarzen, glänzenden Hosen und einem weitärmeligen weißen Hemd bekleidet, führte einige Kunststücke vor. Dafür reichte ihm seine Assistentin mit großartigen Gesten immer wieder Bälle und Kugeln in verschiedenen Größen zu. Die Hauptattraktion aber war der Bär, der sich zu lautem Tamburingerassel im Kreise drehte. Zum Schluss ging ein Junge mit einem Zinnteller in der Hand durch die Besucherreihen und bat um einen Obolus.

Am Tag nach der Zirkusvorstellung war der kleine Wagen von der Wiese verschwunden. Wir wussten alle, dass er wiederkommen würde, und ich glaube, der Onkel Paul wusste auch, wann.

Nach all den schönen Jahren erreichten Rauße zwei schlimme Krankheiten - Scharlach und Diphtherie. Mein Bruder und die Mama waren bereits erkrankt. Tante Meta fuhr mit Heinz nach Berlin, damit er sich nicht an uns infizieren konnte. Wir hatten zwar in der Schule Schutzimpfungen erhalten, aber wohl nicht gegen diese beiden Krankheiten, die ihre Opfer forderten. In der Familie eines Großbauern starb die einzige Tochter, und in einer Familie mit vier Kindern, starben die beiden Kleinsten.
Der Hans war bereits wieder auf dem Wege der Besserung, als ich an Scharlach und anschließend an Diphtherie erkrankte. Ich hatte fürchterliche Angst und weinte, da ich glaubte, dass ich nun sterben müsse. In Gedanken sah ich die kleinen weißen Särge vor mir, in denen die beiden Geschwister zu Grabe getragen worden waren. Mamas Freundin, die uns trotz der Krankheit besuchte, benachrichtigte sofort den Arzt, und so wurde ich gleich entsprechend behandelt. Gott sei Dank zogen die Krankheiten schnell aus unserem Ort, und die Raußer atmeten erleichtert auf. Unsere Wohnung wurde desinfiziert, der Heinz kam aus Berlin zurück, und wir Kinder spielten wieder miteinander. Niemand wollte mehr an die schlimmen Krankheiten erinnert werden.

Das Leben vieler Menschen hatte sich im Dritten Reich verändert. Auch wir - meine Eltern und alle Musiker aus unserer Kapelle - bekamen das zu spüren. Es wurde angeordnet, dass nur noch Berufsmusiker mit einer Lizenz öffentlich spielen durften. Mein Vater äußerte sich zu dieser Verordnung mit den Worten: „Wie soll das denn gehen?" Er lachte, und ich glaube, er wusste, was auf uns zukommen würde. In der Kreisstadt waren zwei Berufsmusiker ansässig. Doch als sie Aufträge erhielten, konnten sie diese nicht ausführen, da sie kein festes Ensemble hatten. So kam das, was wohl mein Vater vorausgesehen hatte: Der Lizenzinhaber suchte meinen Vater und meinen Onkel auf und bat um Unterstützung - er lieh sich unsere Musiker aus! Der Lizenzinhaber war nun öfter in unserem Haus zu Gast und brachte seine Anliegen vor.

Da es nicht verboten war, privat zu musizieren, wurde weiterhin in unserem Haus geprobt. Mein Vater konzentrierte sich nun auf den Gesangverein, einen Männerchor, den er leitete. Dieser Verein durfte natürlich überall auftreten. Der Raußer Männergesangverein war auch in Breslau zum Sängerfest im Jahre 1937 vertreten, wo sich die Chöre aus ganz Deutschland trafen.

Das Singen hatte in unserer Familie schon immer eine große Rolle gespielt. Papa war im Gesangverein, die Mama sang in Operetten, die von unserer Kapelle aufgeführt wurden, und ich wollte, nachdem ich die Erna Sack im Rundfunk gehört hatte, unbedingt Sängerin werden. Schon als kleines Mädchen wusste ich, den Gesang zweckdienlich einzusetzen. Wenn ich bei meinem Vater etwas erreichen wollte, sang ich ihm ein Lied vor, und bekam meist meinen Wunsch erfüllt.

Ich bekam sogar einmal einen großen Wunsch erfüllt. Die Tante Emma und die Tante Käte waren bei uns zu Besuch. Als alle einen Tag vor der Rückfahrt der beiden Tanten nach dem Abendessen bei einem Glas Wein zusammen saßen, fragten die Tanten, ob ich denn nicht mit nach Berlin fahren möchte. Natürlich wollte ich immer gern nach Berlin fahren, und so fragte ich meine Eltern, ob das möglich wäre. Der Papa sah mich erstaunt an und meinte, dass doch Schulzeit sei und keine Ferien. Da diese Aussage kein klares Nein bedeutete, schien mir die Angelegenheit noch aussichtsreich zu sein. Ich setzte mich auf seinen Schoß und sang das alte, schlesische Lied „Wenn wir sunntigs ei dos Kerchla giehn....". Den Refrain „denn wir sein ja gude Kinder..." betonte ich besonders. Am nächsten Tag fuhr ich, trotz Schulzeit, mit den Tanten nach Berlin.

Wie erstaunt war ich, einige Jahrzehnte danach die Melodie dieses alten, schlesischen Liedes von einem Kölner Sänger mit dem Text „.....wir sind alle kleine Sünderlein..." zu hören. Die Welt ist rund, und irgendwann, irgendwo, rollt etwas Unerartetes auf uns zu!

Wie schön war es wieder in Berlin! Tante Emma fuhr mit mir und Tante Käte mit ihren beiden Töchtern mit der S-Bahn nach Berlin. Zuerst gingen wir ins Café Kranzler auf dem Ku-Damm, wo auf kleinen Silbertabletts der Kaffee serviert wurde. Das Glas mit dem kalten Wasser dabei reizte mich besonders, doch leider war es zu kalt, und ich sollte den warmen Kaffee trinken. Milch lehnte ich erfolgreich ab! Danach gingen wir zu einer Vorstellung in den „Wintergarten". Es war ein Rausch, ein bezaubernder Rausch, der sich vor meinen Augen abspielte! Das Sabine-Ress-Ballett tanzte über die Bühne. Es waren auch kleine Tänzerinnen dabei, und ich wünschte mir, Tänzerin zu werden! Schade, dass es in Rauße kein Sabine-Ress-Ballett gab, sonst wäre ich dabei gewesen. Ich dachte daran, dass ich dem Großvater immer vorgetanzt hatte, wenn ich ihn am Morgen begrüßte. Er wollte immer, dass ich ihm etwas vortanze, was ich auch gerne tat. Meine Gage erhielt ich sofort. Es waren fünf Pfennige, die in Eis umgesetzt wurden, wenn der Eismann mit seinem Fahrrad aus der Kreisstadt kam. Ein kleiner, weißer Wagen war an seinem Fahrrad als Anhänger befestigt. Über dem Eisbehälter ragte eine große, herrliche silberne Haube stolz in die Luft. Die Portion war recht klein, aber sehr lecker!

Bevor ich die Erna Sack gehört hatte und Sängerin werden wollte, wollte ich Pianistin werden! Ich könnte dann, wenn ich groß sein würde, in der Kapelle spielen, so wie jetzt die Luce. Ich bewunderte die Pianistin sehr! Sie griff energisch in die Tasten und wackelte dabei mit dem Kopf, mal nach rechts, mal nach links. Diese Bewegungen imponierten mir sehr! Ohne sie würde die Luce sicher nicht so gut spielen; sie gehörten dazu!

Eines Abends saß ich während einer Probe auf der Türschwelle. Wieder einmal war ich fasziniert von Luces Spiel und von ihrem Kopfwackeln. Gleich am nächsten Morgen ging ich hinunter in Onkel Pauls Zimmer und setzte mich ans Klavier. Ich stellte ein Notenblatt auf und griff mit Nachdruck in die Tasten. Natürlich wackelte ich dabei mit dem Kopf, mal nach rechts, mal nach links. Ich war begeistert von meinem Spiel, das so wunderbar klang. Wäre da nicht die Martha gewesen! Sie kam ins Zimmer, schaute verächtlich auf mich herab und sagte: „Da sitzt sie am Klavier und wackelt mit dem Kopf wie die Luce und denkt, dass sie auch so spielen kann. Dabei hat sie auch noch das Notenblatt verkehrt herum aufgestellt!" Lachend zog die Martha ab, und ich unterbrach mein wunderbares Spiel und wünschte die Martha zum .... sonstwohin!

Besonders schön waren die Ausflüge zu Papas Tante nach Dambritsch. Tante Anna hatte in Posen gewohnt und ihrem Bruder den Haushalt geführt. Als er verstarb, hat sie ihren Wohnsitz nach Schlesien verlegt. In Rauße aber hatte sie keine passende Wohnung, in der sie ihre großen Möbel unterbringen konnte, gefunden. Und so ist sie in das Schloss gezogen, in dem sie eine ganze Etage bewohnte.

Onkel Paul mietete eine Kutsche, in der meine Eltern, mein Bruder und ich, Onkel Paul, Tante Meta und der Heinz und natürlich die Mutter, nach Dambritsch fuhren. Tante Anna war eine feine Dame, und man begegnete ihr respektvoll.

Es war immer wunderbar in dem Schloss. In einem großen Zimmer, fast ein Saal, wurde das Festessen aufgetragen. Tante Annas Küche hatte viele Köstlichkeiten zu bieten.

In der breiten langen Diele stand ein Schaukelstuhl, auf dem wir durch den Raum robbten. Einen besonderen Reiz aber übte auf uns ein Zimmer aus, in dem es viele Schätze zu entdecken gab: In einer Ecke eine hohe silberne Vase, auf einem Tischchen ein Silberglöckchen, auf einer Spiegelkonsole mehrere

Porzellanpuppen und eine große Porzellankutsche mit weißen Pferden.

Aber das Schönste war immer der Spaziergang durch den Park, wo wir Walderdbeeren pflücken konnten.

Todmüde fuhren wir am Abend nach Hause, und ich wünschte mir, in Tante Annas Schaukelstuhl zu liegen. Dieser Stuhl war das Schönste, was Tante Anna besaß.

Wie wichtig jeder Mensch in einer Familie ist, bekamen wir, aber besonders der Heinz, zu spüren, als die Tante Meta, seine Mama, starb. Sie war einige Male in Breslau im Krankenhaus gewesen. Mama sagte: „Zur Krebsoperation". Immer wenn sie wieder nach Hause kam, dachten wir Kinder, dass sie nun gesund sein würde. Doch diese Hoffnung ging nicht in Erfüllung. „Jeder Mensch ist zu ersetzen", sagt ein Sprichwort. Ich bemerkte bereits als Kind, dass kein Mensch zu ersetzen ist! Alles war nun anders in unserer Familie. Onkel Paul heiratete eine junge Frau, die glaubte, alles verändern zu müssen. Sie hat auch alles verändert! Der Heinz fuhr nicht mehr mit uns nach Berlin, er besuchte die Verwandten seiner „neuen Mama". Wir verließen das Mettke-Haus und zogen nach Maltsch. Ich besuchte die Mutter oft, ich konnte gar nicht ohne sie sein. Eigentlich verstand ich kaum etwas von all dem, was nun vor sich ging. Die Mutter war ganz still, sie nahm mich in die Arme und sah nur noch ernst aus. Ihr liebes Gesicht zeigte keine Fröhlichkeit mehr.

Als die Mutter starb, war die Familie gespalten. Ohne sie gab es nichts mehr, was uns mit Rauße verband.

In dem neuen Wohnort war mir alles fremd. Alles war anders! Mir brach eine Welt zusammen, die schöne Welt der Raußer Jugendzeit. Alles war Vergangenheit! Damals wusste ich natürlich nicht, dass das familiäre Drama erst der Anfang war und dass das politische folgen würde und unser Leben grundlegend verändern würde.

Die Kriegszeit

Hinter vorgehaltener Hand flüsterten die Leute schon lange, dass es Krieg geben würde. Jeder wusste es, und keiner wollte es wahrhaben.

In den Ferien in Berlin hielt mir Margot, die Tochter von Tante Käte, eine Süßigkeit entgegen: „Koste mal, das ist weiße Schokolade. Die schmeckt ganz toll! Die machen wir im Krieg, wenn wir keinen Kakao mehr bekommen." Die Schokolade schmeckte vorzüglich! Allerdings habe ich sie während des Krieges nicht mehr im Handel gesehen, erst wieder nach dem Krieg, wie so viele andere Dinge auch.

Inzwischen redeten die Leute ganz offen über den Krieg. Der Blitzkrieg 1939, der Polenfeldzug, war der Anfang von dem Drama, das auf uns zukam. Die Leute kamen aus ihren Häusern. Sie standen in Gruppen auf den Straßen. Sie sprachen über die jungen Menschen, die nun eingezogen werden würden. Sie redeten von rationierten Lebensmitteln, von Entbehrungen und Gefahren - meist recht leise.

Die Sommerzeit wie 1914 wieder einzuführen, war beschlossene Sache. Ich dachte: „Nun bin ich zwölf Jahre alt, und wir bekommen eine neue Uhrzeit!" Der Sinn dafür war mir nicht klar. Ich wusste nur, dass die Schule nun noch eine Stunde eher beginnen würde. Auch Mama war zwölf Jahre alt gewesen, als 1914 die Sommerzeit eingeführt wurde. Nun erzählte Mama erstmalig von der Kriegszeit, vom Weltkrieg 1914 - 1918. Sie sagte, dass einer ihrer Brüder gefallen sei, dass sie gehungert hätten, und dass es immer wieder Kohlrüben zu essen gegeben hätte. Ich schüttelte mich vor Entsetzen und dachte, dass der Krieg nun sicher nicht so lange dauern würde.

Alle dachten oder hofften das. Papa sagte, dass er in französischer Kriegsgefangenschaft gewesen war und erst 1920 nach Hause gekommen wäre. Ich war empört und meinte, dass er doch gleich nach Kriegsende hätte entlassen werden müssen. So manches konnte ich nicht verstehen, vieles war so ungerecht, so schlecht!

Nun wurden die Lebensmittel rationiert. Die Lebensmittelkarten wurden eingeführt. Mama wollte sich zuerst gar nicht damit befassen. Ich sortierte die Karten und sagte der Mama, was wir alles darauf kaufen konnten, und übernahm für die erste Zeit den Einkauf.

Auch Textilien gab es nur noch auf Zuteilung, wir bekamen die Kleiderkarten. Nun begann Mama, sich mit den Kleiderkarten vertraut zu machen, und ich staunte zu Weihnachten, was sie alles darauf bekommen hatte. Sie lachte amüsiert, und so langsam kam ich darauf, dass allerlei Tauschgeschäfte gemacht wurden. In unserem Garten, in dem eigentlich ein Haus gebaut werden sollte, wurde Mohn angebaut, der zum beliebten Tauschobjekt wurde, denn der Mohnstollen hatte in Schlesien einen hohen Stellenwert in der Weihnachtszeit.

Je länger der Krieg dauerte, umso mehr wurde getauscht! Ich bekam einmal von einer jungen Frau, die mit Mama „ins Geschäft" gekommen war, einen Bezugschein für ein Paar Lederschuhe. Mama hatte dafür eine meiner geliebten Puppen mit echtem Haar für die kleine Tochter zu Weihnachten eingetauscht.

Im ganzen Land wurde die Verdunkelung eingeführt, um sich vor Fliegerangriffen zu schützen. Die Straßenlaternen brannten in dunklen Gehäusen und die Fenster sollten mit Verdunkelungsrollos versehen werden, was in Schlesien einer längeren Anlaufzeit bedurfte. Schlesien war „das sichere Land". Deshalb wurden Bibliotheken und andere Staatsschätze nach Schlesien, besonders nach Breslau, verlagert. Zur Sicherheit der Bevölkerung wurden Mütter mit Kindern, vorwiegend aus Berlin, nach Schlesien gebracht. Man nannte sie „die Bombenfrauen".

Was hatte die damalige Jugend, meine Generation, für ein Leben?

Wir konnten nicht einfach in ein Geschäft gehen, um etwas Neues zu kaufen! Wir pflegten unsere Kleider und Mäntel und waren darauf bedacht, dass sie uns lange erhalten blieben. Hätte mir damals jemand gesagt, dass einige Jahrzehnte später junge Leute Geld für Hosen mit Löchern ausgeben würden, so hätte ich das für einen schlechten Witz gehalten. Zu jener Zeit kochte Mama einen Leinensack, der für Bettzeug gedacht war, im Waschkessel, damit der Stoff weich und geschmeidig wurde. Daraus bekam ich ein wunderbares Kostüm genäht, das von der Schneiderin an Taschen und Kragen mit buntem Stoff von einem alten Dirndlkeid besetzt wurde. Ich war sehr stolz auf dieses Kostüm, und es erregte Aufsehen.

Lederschuhe waren eine Seltenheit. Im Sommer trugen wir „Jesuslatschen". Eigentlich waren das nur Holzsohlen mit Lederriemchen. Ich verletzte mir daran die Ferse, was sehr schmerzhaft war.

Auch die Kopfbedeckung war ein Problem. Im langen schlesischen Winter musste man sich vor der eisigen Kälte schützen. Filzhüte gab es nicht mehr und schon gar keine Pelzmützen. So kamen die „Modemacher" auf die Idee, aus dem dicken Stoff ausgedienter Mäntel, „Zwergmützen" zu nähen, für die es extra Schnittmuster gab, und es entstanden reine Kunstwerke. Wer ein Stück Fell besaß, versah den Rand der Mütze damit. Wir hatten also auch unsere Mode, recht bescheiden, aber jedes Stück wurde hoch geschätzt. Wir jungen Mädchen trugen die Zwergmützen, und unsere Mütter banden, wenn vorhanden, einen Wollschal als Turban um den Kopf!

Ebenso waren Strümpfe Mangelware. Im Winter trugen wir Wollsocken, meist selbstgestrickte. Ich fiel einmal bei Glatteis hin und verletzte mir das Knie. Doch das war nicht das Problem, meine Strümpfe waren zerrissen! Die heilten nicht, so wie mein Knie!

Wir konnten uns nicht nur keine Kleidung kaufen, Strümpfe oder Schuhe, wir konnten auch nicht so einfach in eine Conditorei gehen und uns Kaffee und Kuchen bestellen, vielleicht sogar noch ein Eis mit Sahne und Früchten! Wenn wir nach dem Unterricht in der Handelsschule in Breslau in das Café Hutmacher gingen, bekamen wir Kuchen nur auf Marken, später gar keinen mehr. Manchmal standen wir vor einer Eisdiele an, wenn dort markenfrei Eis zu bekommen war. Natürlich gab es das nicht jeden Tag, aber wenn wir Glück hatten, kamen wir gerade „dazu". Auch konnte man keine weiße Schokolade kaufen, und welche mit Kakao schon gar nicht! In der Weihnachtszeit allerdings gab es manchmal Süßigkeiten auf Zuckermarken.

Und wie sah unsere Unterhaltung aus? Tanzvergnügen zum Beispiel waren verboten. Natürlich durfte nicht getanzt werden, während an der Front die Soldaten unser Land verteidigten, das verstand jeder Mensch. Außerdem hätten in den Tanzsälen die Männer gefehlt.

Als mein Bruder noch nicht im Krieg war, ging er sonntags mit Freundinnen und Freunden nach Rauße ins Gasthaus Mirus. Frau Mirus stellte den jungen Leuten ein Hinterzimmer zur Verfügung, wo sie sich aufhalten konnten. Hans spielte Klavier, und seine Freundinnen und Freunde tanzten und sangen dazu. Frau Mirus spendierte ihnen Streuselkuchen mit Muckefuck. Sie freute sich immer, wenn die jungen Leute kamen, und nahm sie, den Umständen entsprechend, liebevoll auf. Nach solch schönem Nachmittag gingen die Freunde Arm in Arm nach Hause.

Beim BDM, wozu ich auch gehörte, gab es in Zusammenarbeit mit der HJ auch Elternabende, die gut besucht wurden. Sie fanden stets in einem großen Saal eines Gasthofes statt. Wir stellten das Programm selbst zusammen. Die Akkordeonspieler überraschten mit den neuesten Karnevalsliedern aus dem „immer fröhlichen" Rheinland. Wir spielten Radiosendungen nach, so „Frau Schnick und Herr Schnack", eine Samstagabendsendung mit Ludwig Manfred Lommel und Gisela Schlüter.

Auch ich beteiligte mich an dem Programm und spielte mit einer Freundin vierhändig Klavier. Jeder gab sein Bestes, um zu einem schönen Abend, mit dem wir unsere Eltern erfreuen wollten, beizutragen.

Das Kino war für uns ein besonderes Vergnügen. Natürlich sahen wir Filme, die das Leben von Arbeitsmaiden und jungen Soldaten darstellten, aber auch sehr lehrreiche und schöne Filme wie „Friedrich Schiller", „Robert Koch" und „Gustav Diesel". Doch das größte Geschenk dieser Zeit war der Film „Wen die Götter lieben". Ich weiß nicht mehr, wie oft meine Freundinnen und ich uns diesen Film angesehen haben. Wir konnten nicht genug aus dem Leben des Genies Mozart erfahren. Wir schauten in eine Zeit, die uns so fern, so fremd war, die uns erschütterte und begeisterte.

Auch die Filme mit Zarah Leander sahen wir gern, besonders den, in dem sie die Orpheus-Arie sang.

Wie tief uns diese Filme berührten! Sie führten uns in eine unbekannte Welt. Wir diskutierten darüber, lasen Bücher und hörten Musik. Wir befassten uns mit Dingen, die vielleicht in „normalen Zeiten" nicht solch große Bedeutung gehabt hätten.

Von der Gemeinschaft „Kraft durch Freude" wurden in unserem Ort Theaterstücke aufgeführt, die wir natürlich besuchten. Wir wurden nicht überfüttert, wir waren nicht übersättigt! Daher nahmen wir alles dankbar auf, was uns „andere Welten" offenbarte. Eine andere Welt war für uns das Ausland, und eine heitere, liebenswerte Welt Italien mit seiner fröhlichen Musik. Dies alles wollten wir einmal erleben. Immer wieder hörte man den Satz: „Wenn der Krieg vorbei ist, dann….."

Ja, was dann? Die Wunschliste war groß! An einem Tag wünschte man sich Windbeutel mit Schlagsahne zum Sattessen, an einem anderen dann wieder wollte man einen Mantel haben, oder man träumte von einem schönen Kleid, vielleicht sogar von einem Abendkleid, wie man es oft im Film zu sehen bekam.

An eine Auslandsreise zu denken war utopisch. Aber das würde doch alles möglich sein, „wenn der Krieg vorbei sein wird!". Keiner konnte ahnen, dass dann der Hunger erst richtig begann.

Der Krieg ging weiter, der totale Krieg! Mein Cousin Kurti aus Berlin war in Russland gefallen. Mein Bruder Hans war bei der Marine, und sein Musikstudium, für das er ein Stipendium erhalten hatte, wurde „verschoben"! Da die Mama nur Hausfrau war und keine kleinen Kinder mehr zu versorgen hatte, wurde sie kriegsdienstverpflichtet. Täglich fuhr sie mit der Bahn nach Neumarkt, in die Kreisstadt, wo sie mit anderen Frauen aus Maltsch in einer Munitionsfabrik arbeitete. Sie stellte einen Antrag bei der Behörde, um in Maltsch arbeiten zu können. Dem Antrag wurde stattgegeben, und sie war danach in Maltsch in der größten Zuckerfabrik Deutschlands in der Küche tätig.

Zur Zeit der Kampagne, der Rübenverarbeitung während der Winterzeit, hatten in den vergangenen Jahren Kleinbauern aus den umliegenden Orten, Rentner und Frauen in der Fabrik gearbeitet. Inzwischen waren die Kleinbauern nicht mehr verfügbar, so dass jetzt neben den Rentnern und Frauen auch Kriegsgefangene dort tätig waren. Papa leitete die Trocknungsabteilung, in der Rübenschnitzel getrocknet und zu Futter verarbeitet wurden. Einige Kriegsgefangene, Kanadier, waren seiner Abteilung zugeordnet. Abends erzählte er uns von den Gefangenen und sagte, dass er sich in französischer Sprache mit ihnen unterhalten könne.

Manchmal gingen meine Freundin und ich in die Fabrik, um unseren Angehörigen das Essen zu bringen - ich meinem Papa, Hertha ihrem Opa. Natürlich waren wir neugierig auf die Gefangenen. Hertha und ich gingen in Papas Abteilung. Die Gefangenen grüßten uns. Wir standen einander freundlich gegenüber und hätten uns sicher gern miteinander unterhalten. Es war eine Begegnung ohne Hass, als wollte jeder sagen: „Wir können doch nichts dafür!". Am Abend brachte mir der Papa als Gruß von den Gefangenen eine Schokolade aus Kanada mit.

Papa und seine Mitarbeiter machten aber auch keinen Hehl daraus, dass sie für die Gefangenen Kuchen mitnahmen - es war ja Weihnachtszeit.

Ganz anders war es, wenn wir am Lager der russischen Gefangenen vorbei gingen; sie grölten und wüteten.

Die französischen Gefangenen in Maltsch betrieben in einem kleinen Laden eine Schneiderei. Ich weiß nicht, für wen und was sie nähten. Oft sah man sie in adretter Kleidung durch den Ort gehen. Niemand wurde angepöbelt; man grüßte sich voller Zurückhaltung. Auch mit ihnen hätte man sich gern unterhalten.

Ab und zu kam Besuch aus Berlin nach Maltsch - Tante Emma und Tante Käte. Die beiden Tanten wollten sich von den Schrecken der Bombennächte in Berlin bei uns erholen. Sie brachten ein wenig Bohnenkaffee mit, den sie als Sonderzuteilung nach den Bombennächten erhalten hatten. Natürlich hatte die Mama Streuselkuchen gebacken.

Die drei Frauen saßen in der gemütlichen, warmen Küche und genossen Kaffee und Kuchen. Es ging stiller zu als vor einigen Jahren. Sie redeten von vergangenen Zeiten und sprachen nicht über die Bombenangriffe. Sie sagten: „Wenn der Krieg vorbei sein wird, dann....". Tante Emma weinte. „Am besten wäre es, wir kämen zurück nach Schlesien!". Niemand konnte ahnen, dass für uns die schöne Zeit in Schlesien bald ein Ende haben würde.

Die Gastfreundschaft wurde in Schlesien auch in der schweren Zeit groß geschrieben. Keiner versuchte, seine „Schätze" vor den Anderen zu verbergen. Mama besuchte mit den Tanten Freunde, die am Ende des Ortes ihr Haus hatten. Herr M. war damit beschäftigt, in einer selbstgebauten Anlage Kaninchen, die in jedem Haushalt gefüttert wurden, zu räuchern. Er halbierte ein Kaninchen und schenkte der Mama eine Hälfte zum „Probieren". Beim anschließenden Kaffeetrinken servierte die Hausfrau, was die Küche zu bieten hatte. Der Gast sollte sehen, dass er willkommen war.

Was es wirklich massenhaft in jener Zeit gab, waren Pflichten! Die Kriegsdienstverpflichtung für alle Frauen, die nur Hausfrauen waren und keine kleinen Kinder mehr zu versorgen hatten, wurde eingeführt. Sie wurden meist in Munitionsfabriken eingesetzt.

Das Pflichtjahr für Mädchen, die meist 14jährig aus der Volksschule entlassen wurden, war Vorschrift. Sie wurden für die Dauer eines Jahres in Familien eingesetzt, die mindestens drei Kinder hatten. Meist handelte es sich um eine Ganztagsbeschäftigung. Die Mädchen arbeiteten im Haushalt und mussten beim Wäschewaschen helfen. Waschmaschinen gab es noch nicht. Eine Freundin von mir hatte wunde Hände von dieser schweren Tätigkeit bekommen.

Ich erinnere mich aber auch an ein Pflichtjahrmädchen, das in einer netten Familie eingesetzt war. Die Hausfrau ging mittags mit ihren Kindern zum Schwimmen. Das Mädchen ging mit, was wiederum neidisch betrachtet wurde, da andere Mädchen keine „Freizeit" tagsüber kannten.

Der Reichsarbeitsdienst war bereits vor dem Krieg eingeführt worden. Junge Männer, ich glaube ab 18 Jahren, wurden beim Bau der Autobahn eingesetzt. Es hieß: „Die hätten doch keine Arbeit gefunden! Und so sind sie nicht auf der Straße gelandet!"

Natürlich gab es auch Lager für die Mädchen, die Arbeitsmaiden. Sie wurden vorwiegend auf Bauernhöfen eingesetzt, da es dort besonders an Arbeitskräften mangelte. Oft waren nur noch die Bäuerinnen auf dem Hof. Manchmal wurden sie noch von den Eltern unterstützt, die bereits im „Auszughäusel" wohnten. Das Auszugshäusel war der Alterssitz, den die Eltern bezogen, wenn sie den Hof den jungen Leuten, meist dem ältesten Sohn, übergaben.

All diese Dienste waren Verpflichtungen, keine freiwilligen Tätigkeiten! So erging es unserer Generation auch mit der Übernahme in die Partei, die NSDAP. Eine Anzeige in der Maltscher Zeitung teilte mit, dass am - ich weiß das Datum nicht mehr - alle BDM- und HJ-Mitglieder am Sonntag-Vormittag im Gasthof „Zur Schiffahrt" zu erscheinen haben. Wir waren uns darüber im Klaren, dass es um die Übernahme in die NSDAP ging! Wieder eine Pflicht oder ein Befehl, dem sich niemand entziehen konnte.

Die Mädel und Jungen kamen in Dienstkleidung zu dem Termin. Ein SA-Mann betrat den Saal und ging zum Rednerpult. Er war ein Kriegsversehrter aus dem ersten Weltkrieg. Damals hatte er seinen rechten Arm verloren, so dass er jetzt, entgegen jeder Vorschrift, seinen linken Arm zum „Deutschen Gruß" erheben musste.

Nach der Erklärung, dass heute die Übernahme in die National-sozialistische Deutsche Arbeiterpartei erfolgen würde, verlas er die Namen der Jugendlichen, die für diese Übernahme vorge-sehen waren. Meine Freundin Hertha saß neben mir, unsere Namen begannen mit „Me". Die Namen, die mit „M" began-nen, wurden aufgerufen. Wir hielten den Atem an und warte-ten, ob wir aufgenommen werden würden, oder ob wir davon-kommen würden. Wir waren nicht dabei! Wir atmeten erleich-tert auf - noch einmal Glück gehabt! Es war nicht unser Ver-dienst, dass wir nicht dabei waren, es war reiner Zufall!

Die aufgerufenen Jungen und Mädel gingen zum Rednerpult und bekamen von dem SA-Mann feierlich die Urkunde zur Aufnahme in die NSDAP überreicht.

Nach Beendigung der feierlichen Zeremonie trafen wir uns vor dem Haus. Wir standen noch eine Weile beisammen. Keiner der Jugendlichen war stolz auf die Übernahme, oder hätte sich gar darüber gefreut. Es war eine automatische Übernahme. Nicht einer der Anwesenden hatte sie beantragt! Die Stimmung war gedrückt, keiner ging froh nach Hause.

Im Herbst 1943 kam unerwartet mein Bruder, der U-Bootfunker war, in Urlaub. Wir erschraken, als wir ihn sahen. Er war nicht wiederzuerkennen! Seine sonst so fröhlichen, blauen Augen lagen in tiefen Höhlen und waren voller Traurigkeit. Dünn und blass sah er aus. Zögernd erzählte er, was er durchgestanden hatte. Sein U-Boot war auf der letzten Feindfahrt torpediert worden. Als das Boot zu kentern drohte, hatte ihn der Kapitän durch die Luke geschoben. Er war der Letzte, der aus dem Boot gerettet wurde. Er wurde mit seinen beiden anderen geretteten Kameraden von einem Schnellboot aufgenommen.

Eigentlich hätte er nach dieser Fahrt sein Musikstudium aufnehmen dürfen. Er berichtete aber, dass er doch noch eine Fahrt mitmachen müsse, da der Kommandant nicht mit einem neuen ersten Funker fahren wollte.

Jedem war zu jener Zeit bekannt, dass kein U-Boot mehr von einer Feindfahrt zurück kam. Mein Bruder sagte, dass der

Großadmiral Räder wohl kein Boot mehr zum Einsatz bringen wollte, dass sein Nachfolger aber die Einsätze weiter befahl.

Es gab kein Wiedersehen! Am 09.11.1943 erhielten wir die Nachricht, dass mein Bruder den Heldentod für Volk, Führer und Vaterland gestorben ist. Nie werde ich vergessen, wie meine Eltern voller Trauer, zutiefst getroffen, sich umarmten und weinten.

Was geschah nur in unserem Land Ende 1944? Die Menschen hofften, dass der Krieg bald zu Ende sein würde. Aber im Gegenteil! Sogar Jugendliche, fast noch Kinder, wurden eingezogen und als Flakhelfer eingesetzt. Es geschahen Dinge, die kaum noch jemand begreifen konnte, und Angst, Schrecken und Entsetzen beherrschten das tägliche Leben. Abends, wenn die Mama aus der Zuckerfabrik von ihrem Küchendienst nach Hause kam, erzählte sie, dass wieder Flüchtlinge aus Ostpreußen in der Fabrik angekommen seien und in einem warmen Raum mit einem warmen Essen versorgt worden seien. „Sie zitterten vor Kälte. Sie waren dankbar, dass sie sich aufwärmen konnten und eine warme Mahlzeit zu essen bekamen", sagte sie. „Sie sind verstört! Fast jeden Tag nehmen sie einen erfrorenen Menschen von ihren Wagen. Es sterben entweder alte Leute, die nicht mehr laufen können, oder Kinder, die noch nicht laufen können! Doch der Treck zieht weiter. Niemand weiß, wohin. Aber alle glauben, nach dem Krieg wieder in die Heimat gehen zu können. Sie sagen: ‚Die Felder müssen doch bestellt werden', und dann reden sie von ihren Tieren, die sie in den Ställen zurückgelassen haben!" Mama weinte. „Ob wir auch noch von hier weggehen müssen?" Diese Frage schwebte über allem. Die Hoffnung, unsere Heimat nicht verlassen zu müssen, schwand von Stunde zu Stunde.

Anfang Januar 1945 erhielten wir Mädchen vom BDM die Aufforderung, uns am Sonntag-Vormittag um ... Uhr mit einem Spaten am Bahnhof einzufinden. Unsere Führerin erwartete uns dort und informierte uns, dass wir mit dem nächsten Zug nach Breslau fahren würden. Rund um Breslau sollten wir für das Ausheben von Schützengräben eingesetzt werden – daher der Spaten. Dieser Einsatz wurde „Unternehmen Barthold" genannt; und es gab viele „Unternehmen" in jener Zeit.

Ohne Widerrede - was sollten wir auch sagen? - fuhren wir nach Breslau und vom Bahnhof aus mit der Straßenbahn aus der Stadt hinaus. Unsere Führerin kannte wohl den Weg, der uns zum Ziel führen würde. Nach einem kurzen Marsch standen wir auf freiem Feld, wir sechs Mädel! Wir standen allein auf weiter Flur.

Was nun? Mit unseren Spaten bei 26° Kälte in die Erde zu dringen, war unmöglich - der Boden war hart wie Stein. Und da außer uns niemand zu sehen war, der Schützengräben ausheben wollte, machten wir uns wieder auf den Heimweg.

Das geschah an einem der letzten Sonntage zu Hause in Schlesien!

Im Januar wurde ich aber noch einmal in solch unsinniges Unternehmen gezogen. Ich erhielt von der Bannmädelführerin die

Mitteilung, dass ich am ...... in Bad Kudowa im Riesengebirge zu erscheinen habe.

Drei Sechzehnjährige trafen sich in Maltsch auf dem Bahnhof. In der Kreisstadt kamen zwei weitere Mädel dazu, und in Breslau, wo wir umsteigen mussten, trafen wir noch drei Kameradinnen, so dass wir acht Mädel waren. In zwanzig Minuten würde der Zug, der uns nach Bad Kudowa bringen sollte, einfahren. Ich möchte bemerken, dass die Züge noch immer fahrplanmäßig fuhren! Ich fragte meine Kameradinnen, ob wir nicht einen Zug später fahren sollten, damit wir noch einmal durch die Stadt gehen könnten. Sie gaben zu bedenken, dass wir um 20 Uhr in Kudowa erwartet würden. Ratlos schauten wir uns an. Ich entschied mich, zu bleiben und bat die Mädels, die jetzt fahren würden, Bescheid zu sagen, dass ich später kommen würde. Mir war es gleich, welche Folgen dieses eigenmächtige Handeln haben könnte. Ich wollte diese Stadt, der ich so verbunden war, nicht ohne Abschied verlassen.

Schließlich blieben noch zwei Mädel mit mir in Breslau. Wir schlenderten durch die Stadt. Es war kalt, alles war grau und trübe. Es war, als schwebe eine unheimliche Dunstglocke über der Stadt. Zuerst gingen wir zum Rathaus und zuletzt in eine Kirche. Wir setzten uns in eine Bank und betrachteten die brennenden Kerzen. Ein Priester in seinem Talar verschwand durch eine Seitentür.

An der Liebigshöhe sah ich die verschneiten Wege und dachte an die schönen Stunden im Sommer, in denen wir dort auf einer Bank sitzend davon geträumt hatten, was wir alles machen werden, wenn der Krieg zu Ende sein wird.

Müde gingen wir zum Bahnhof. Dachten wir daran, dass es das letzte Mal sein könnte, in Breslau zu sein? Natürlich dachten wir es, aber wir sprachen es nicht aus!

Mit dem nächsten Zug fuhren wir nach Kudowa. Wir lachten und scherzten nicht wie früher auf solchen Fahrten. Wir waren traurig und still!

Spät am Abend kamen wir in Kudowa an. Es war eisig kalt, die Straßen waren leer, aber von dem kalten Licht des Mondes beleuchtet. „Was wird der jetzt wohl denken?", kam mir in den Sinn. Ein älterer Mann mit einem langen Stab in der Hand, ein Verdunklungswart, kam auf uns zu. Wir waren erleichtert, jemandem zu begegnen, den wir nach dem Weg zur Baude fragen konnten. Er war sehr freundlich und sagte, dass er uns den Weg zeigen und uns zur Baude begleiten würde. Dankbar nahmen wir das Angebot an. Dann ging es bergauf! Nach einer Weile hielten wir erschöpft inne und stellten unsere Koffer ab. In dieser eisigen Nacht betrachteten wir bei hellem Mondenschein die Herrlichkeit der Landschaft. Da geschah das Malheur: Eine Kameradin rutschte aus und stieß gegen einen der Koffer, der sofort unaufhaltsam den Berg hinunter raste! Sprachlos sahen wir ihm nach, und als er endlich liegen blieb, gingen wir selbstverständlich alle Drei zusammen mit dem Verdunklungswart den Berg wieder hinunter, um den Koffer zu holen. Die anderen Koffer hatten wir an einem sicheren Platz abgestellt.

Gegen Mitternacht kamen wir dann endlich an der Baude an und wurden hereingelassen. Im Speisesaal stand ein kleiner

Imbiss für uns bereit. Im Schlafsaal erzählten uns die Kameradinnen, die pünktlich angereist waren, dass die Leiterin „dieses Unternehmens" sehr in Sorge um uns gewesen wäre. Kein Wort der Rüge!

Zwei Tage waren wir in Kudowa, im Januar 1945! Unsere „Schulung" fand zwar statt, aber eigentlich diskutierten wir über die Situation, in welcher wir uns befanden. Die beiden Tage verliefen sehr ruhig, ohne Gesang und ohne angeregte Unterhaltung. Die Stimmung war, wie überall im Land, gedrückt. Wir hörten die Nachrichten. Die Gefahr rückte näher. Kurz entschlossen fragte ich die Kameradinnen, ob sie einverstanden wären, wenn ich die Leiterin dieses Unternehmens bäte, uns sofort zu entlassen. Die Mädels nickten schweigend. Ich fügte noch hinzu: „Wenn wir nicht bis heute Mitternacht die Entlassung bekommen, werde ich morgen früh die Baude verlassen - alleine oder mit euch!" Ich weiß nicht, woher ich die Kraft nahm, ich wusste nur, dass wir so schnell wie möglich von diesem Ort fort mussten!

Direkt nach dem Abendessen fragte ich die Führerin, ob sie uns bis Mitternacht entlassen würde und sagte ihr auch, dass wir auch ohne ihre Zustimmung gehen würden. Natürlich hatte ich sie in eine schwierige Lage gebracht. Was durfte sie tun? Sie antwortete nicht, sie sagte nicht „nein" aber auch nicht „ja"; sie nickte kaum wahrnehmbar mit dem Kopf.

Wir gingen in die Schlafsäle. Am Morgen verließen wir ohne Abschied die Baude; wir sahen die „Unternehmensleiterin" nicht mehr.

Auf dem Bahnhof erfuhren wir, dass wir keinen Zug mehr über Breslau nehmen könnten, da die Verbindung unterbrochen sei. Ratlos schauten wir uns an. Was nun? Die Bahnbeamten waren uns sehr behilflich und stellten für uns eine Verbindung zusammen, mit welcher wir unser Ziel erreichen würden. Sie sprachen uns Mut zu und sagten, dass wir bestimmt in Maltsch ankommen würden. Was hätten wir ohne ihre Hilfe getan?

Auf Umwegen fuhren wir in Richtung Heimat. In Striegau konnten wir einen Zug auf der Nebenstrecke Maltsch/Striegau erreichen. Gerade noch rechtzeitig zwei Tage vor der Flucht aus Schlesien kam ich „zu Hause" an. Papa und Mama wussten, dass nun auch wir die Heimat verlassen mussten. Immer wieder wurde die Bevölkerung im Rundfunk regionsweise dazu aufgefordert.

Mama sagte, dass sie noch einmal nach Rauße gehen möchte, um sich von ihrer Freundin Liesel zu verabschieden. Es muss am 24. Januar in der Mittagszeit gewesen sein. Ich sagte sofort: „Ich gehe mit dir! Ich möchte das Haus noch einmal sehen und zum Friedhof gehen." Wir stapften durch den hohen Schnee. Wir sprachen nicht, es war zu kalt. Wir schritten kräftig zu. Wie oft waren wir diesen Weg gegangen, die Mama und ich? Immer wenn ich ein Lied angestimmt hatte, hatte sie sogleich die zweite Stimme dazu gesungen. Nun schwiegen wir!

Mamas Freundin Liesel bewohnte mit ihrer Familie ein Haus am Waldesrand. Mama und Liesel schlossen einander in die Arme. Sie weinten, und Liesel sagte: „Hedele, was soll nun aus uns werden?"

Ich entschuldigte mich für eine Stunde und ging in Richtung Dorf am Wald vorbei. Vor Weihnachten hatte ich aus diesem Wald den Weihnachtsbaum geholt, ich wollte einen Baum aus Rauße haben! Liesels Sohn Rudi, der Heimaturlaub hatte, hatte den von mir ausgesuchten Baum geschlagen und auf meinem Fahrrad befestigt. Natürlich konnte ich mit dem Rad nun nicht mehr fahren, es diente als Transportmittel für den letzten Weihnachtsbaum in Schlesien. Wenige Tage danach war Rudis Urlaub zu Ende gewesen. Als wir uns voneinander verabschiedet hatten, hatten wir wohl ähnliche Gedanken. Doch wir sollten uns wiedersehen - vier Jahre nach der Flucht aus Schlesien. Nun ging ich weiter am Wald entlang in mein geliebtes Rauße. Natürlich war mir bewusst, dass ich zum letzten Mal in Rauße sein würde. Oder würde es, wenn der Krieg vorbei ist, eine Rückkehr geben?

Der Tag war grau, alles war grau! Die Häuser waren verschlossen. Vor einer Haustür saß eine Katze und wartete vergebens darauf, hineingelassen zu werden. Ich dachte: „Arme Mieze! Du kannst auch nicht mehr nach Hause!" Vor dem Mettke-Haus blieb ich stehen und schaute zu jedem Fenster hinauf. Aber niemand war zu sehen, niemand winkte mir freundlich zu! Stille! Leere! Alles vorbei! Alles Vergangenheit!

Ich ging zum Friedhof. Der Weg war festgetreten, es hatten ihn wohl viele Leute benutzt - zum letzten Mal! Ich stand an Mutters Grab und sagte: „Du kannst wenigstens hier bleiben, du musst Rauße nicht verlassen!" Ich schaute zur Kirche hin, in der ich so gerne hätte singen wollen. Noch nie hatte sie so grau ausgesehen! Es hätte mich nicht gewundert, wenn plötzlich die Glocken geläutet hätten, ein letztes Mal!

Da drüben der Töpperberg! Stille, entsetzliche Stille! Kein fröhliches Kindergeschrei war zu hören. Wo waren sie nur alle? Plötzlich fror ich fürchterlich, nicht nur durch die Kälte. Jeder Blutstropfen in meinem Körper schien vor Angst und Entsetzen zu erstarren. „Auf Wiedersehen Mutter", flüsterte ich. Ich verließ den Friedhof - zum letzten Mal.

Zwanzig Minuten später hatte ich das Haus von Mamas Freundin erreicht. Unterwegs war ich niemandem begegnet, kein Mensch war mehr zu sehen! Liesels drei Töchter, sonst mobil und rege, sagten nichts, einfach gar nichts - und ich sagte auch nichts!

Am nächsten Tag, dem 25. Januar, sagte der Papa: „Ihr müsst weg von hier! Es ist höchste Zeit. Fahrt nach Berlin, ich bringe euch zum Bahnhof und komme später nach - nach Berlin!" Berlin bedeutete für uns „Tante Emma".

Mama und ich packten ein paar Sachen zusammen, je einen Koffer, den wir tragen konnten. Der Papa brachte uns zur Bahn. Der Tag neigte sich dem Ende zu. In der Bahnhofshalle gab es kaum noch einen Stehplatz. Sie war voll besetzt mit Menschen, die nun gehen wollten ..... gehen mussten .... es war höchste Zeit! Die Front rückte stündlich näher!

Die Leute in der Halle rückten zusammen, so dass Mama und ich unsere Koffer abstellen konnten, auf die wir uns dann setzten. Es war still in der Halle; nur ab und zu flüsterten die Leute, die zusammen gehörten, miteinander. Durch die Stille drang immer wieder der Satz: „Was soll aus uns werden? Wo sollen wir hin?"

Ein Mann klopfte ans Fenster der geschlossenen Fahrkartenausgabe. Der Vorhang wurde beiseitegeschoben und der Mann fragte: „Wann kommt denn unser Zug?" Er meinte den Zug Krakau-Berlin, auf den wir schon seit drei Stunden warteten. Der Bahnbeamte zuckte die Schultern: „Der Zug ist planmäßig in Krakau abgefahren, aber wir bekommen seit drei Stunden keinen Kontakt mehr mit ihm .... ich glaube nicht, dass er noch kommen wird!"

Plötzlich stand der Papa vor uns und sagte: „Kommt mit nach Hause. Ich habe das Gefühl, dass ich euch nicht wiedersehe, wenn ihr mit einem Zug wegfahrt!"

Die Nacht war bereits hereingebrochen, eisig bedrohlich. Schweigend gingen wir nach Hause. Es war der letzte Tag, an dem wir noch **ein Zuhause** hatten.

Am nächsten Tag, am 26. Januar, ließ es sich nicht länger aufschieben - wir mussten aufbrechen. Es wäre unverantwortlich gewesen, länger zu bleiben. Der Inspektor des Gutshofes der Zuckerfabrik fuhr mit einem Fuhrwerk mit zwei Pferden auf den Hof. „In zwei Stunden brechen wir auf! In der Zeit können Sie den Wagen beladen, aber bitte jeder nur einen Koffer. Bis dahin bringe ich die Pferde zurück in den Stall."

Wir gingen in unsere Wohnungen, um zu packen! Mama packte einen Koffer, dann nahm sie alles wieder heraus und packte erneut. Einiges blieb liegen, anderes kam dazu. Ich glaube, sie wusste selbst nicht, was sie einpacken sollte, was wichtig war.

Ich schaute ihr tatenlos zu und setzte mich dann ans Klavier und spielte einen Strauß-Walzer - alles zum letzten Mal!

Es war bereits dunkel, als wir den Wagen beluden. Einige Koffer mussten wieder herunter genommen werden, andere kamen dazu. Ich werde nie vergessen, wie ich den Bodenmeister, der den Zuckervorrat verwaltete, bat, doch einen Sack voller Zucker auf den Wagen zu werfen. Strafend sah er mich an und sagte, dass er die „Übergabe" ordnungsgemäß gemacht habe und nichts, aber gar nichts, ändern würde. Ich fragte nur: „Übergabe? An wen?" Ich bekam keine Antwort.

Eigentlich waren wir fertig mit dem Aufladen und hätten abfahren können. Wir waren sechs Familien, eine davon mit Kindern. Alle waren da. Doch wo war Frau Roß? Wir sahen uns um. Plötzlich lief der Papa davon, hinunter zur Oder. Der Papa hatte schon vor einigen Tagen davor gewarnt, in die Nähe der Oder zu gehen. Die Oder war voller Treibeis, dazwischen riesige Brocken, die sich im Fluss zu Bergen auftürmten. Das war zwar unser Glück, weil es somit der russischen Armee nicht möglich war, den Fluss zu überqueren, doch die russischen Soldaten lagen auf der Lauer und schossen von der anderen Uferseite auf alles was sich bewegte. Und nun lief der Papa hinunter zum Fluss......

Wir hörten die Schüsse gegen die Eisschollen peitschten. Wir standen wie erstarrt zusammen! Keiner rührte sich! Da sahen wir den Papa zurückkommen; er führte Frau Roß am Arm. Frau Roß hatte versucht, in die Oder zu gehen, um sich das Leben zu nehmen. Der Papa hatte sie noch an den Schultern fassen und aus dem Wasser ziehen können.

Zwei Nachbarinnen begriffen sofort – ohne Fragen zu stellen nahmen sie Frau Roß in die Mitte und zogen sie in ihre Wohnung, wo sie trockene Sachen anziehen musste. Papa rief ihnen hinterher, dass sie sich unbedingt beeilen sollten.

Die Pferde waren eingespannt, der Wagen ruckte an - am 26. Januar 1945, abends um 21 Uhr bei 26 Grad Kälte! Von der Oder hörten wir die Schüsse knallen, die über das Eis peitschten. Der Schnee knirschte unter den Wagenrädern. Die Wagenspuren glänzten eisig im Mondenschein. Die Pferde schnauften. Der Atem gefror uns in den vorgebundenen Schals zu Eis. Schweigend gingen wir ins Ungewisse, hinein in die klirrendkalte Nacht. Niemand drehte sich mehr um.

Auf der Flucht

Am 26. Januar 1945 also stapften wir in der mondhellen Nacht bei 26° Kälte durch den hohen Schnee. Nach vierstündigem Marsch, kurz nach Mitternacht, hatten wir Parchwitz erreicht. Herrn Klose waren die großen Gutshöfe in der Gegend bekannt, da er den Rübeneinkauf für die Zuckerfabrik tätigte.

Wir fuhren in einen der Höfe ein. Ein älterer Mann kam aus dem Stall und redete mit Herrn Klose. Die beiden Männer führten die Pferde in den Stall, und wir gingen ins Haus. Wärme schlug uns entgegen, doch das Haus war verlassen. Der alte Mann war der einzige Mensch, der noch auf dem Gutshof geblieben war.

Im Obergeschoß des Hauses befanden sich einige Zimmer, in denen wir übernachten konnten. Die Betten mit den Matratzen waren noch vorhanden, das Bettzeug war mitgenommen worden. Wir hatten viel Platz in dem großen, leeren Haus. Wir waren sieben Erwachsene, vier Kinder und ich.

Am nächsten Morgen fragten wir den alten Mann, ob er nicht mit uns gehen wolle. Er antwortete: „Und wer versorgt das Vieh?". Dann grüßte er, indem er zwei Finger an die Mütze legte, und ging zurück in den Stall. Wir waren recht betroffen. Was würde ihn erwarten? Hatte er darüber nachgedacht? Die Tiere zu versorgen, schien für ihn die höchste Pflicht zu sein. Er war der erste von den vielen Menschen, denen wir begegneten, der sein Leben für eine große Tat aufs Spiel setzte.

Wir machten uns auf den Weg, von dem wir nicht wussten, wie weit er war, wo er uns hinführen würde und was für Gefahren er barg. Wir zogen weiter in Richtung Liegnitz. In Rotbrünnig bekamen wir ein Quartier. Auch hier kannte sich Herr Klose aus. Er fand mit seiner Familie bei Verwandten Unterkunft. Mama, Papa und ich, ein älteres Ehepaar und Frau U., deren Mann im Krieg war, wurden in einem Bauernhaus aufgenommen. Dieser Hof gehörte nicht zu den großen Höfen, aber er machte einen gepflegten, wohlhabenden Eindruck. Wir bekamen im Obergeschoss des Wohnhauses drei Schlafzimmer zugewiesen, so dass Mama, Papa und ich, ein Zimmer für uns zur Verfügung hatten.

Die Frau des Hauses war eine resolute, gepflegte Frau. Sie war das Oberhaupt der Familie und führte den Hof, ihr Mann blieb im Hintergrund. Zu der Familie gehörten vier Töchter. Die älteste war verheiratet und hatte ein Baby. Die zweite Tochter war ein besonders hübsches Mädchen. Die dritte Tochter, Brigitte, war in meinem Alter, und wir freundeten uns sofort an. Die jüngste Tochter war erst 12 Jahre alt. Der Sohn und der Schwiegersohn befanden sich im Krieg.

Auffällig in diesem Haus waren die vielen Heiligenbilder an den Wänden, was in Niederschlesien durchaus nicht üblich war, da es eine vorwiegend evangelische Gegend war. Diese Familie war katholisch, sehr fromm, und man kann sagen, von edler Gesinnung. Wir nahmen gemeinsam mit der Familie die Mahlzeiten ein und hielten uns auch in deren Wohnzimmer auf. Auch die Abende verbrachten wir zusammen und hörten die Nachrichten. Wir fühlten uns gut aufgenommen.

Uns war bewusst, dass es nur wenige Tage dauern würde, bis wir weiterziehen mussten. Vorsichtig versuchte Papa, Frau Monika zu vermitteln, dass die Flucht der einzige Weg war, einem schlimmen Schicksal, vielleicht sogar dem Tod, zu entgehen. Frau Monika lächelte nur und sagte, dass sie immer gegen Hitler gewesen sei, und dass der liebe Gott sie beschützen würde. Viele Menschen unterlagen dem Irrtum, dass ihnen nichts passieren würde, da sie ja gegen Hitler eingestellt waren!

Brigitte und ich verbrachten viel Zeit zusammen. Die Musik verband uns, wir spielten vierhändig Klavier. Für die wenigen Tage, die wir miteinander verbrachten, verband uns eine echte Freundschaft. Das Thema „Was werden wir machen, wenn der Krieg zu Ende sein wird?" mieden wir. Wir hatten große Angst davor, was bis dahin noch alles passieren könnte.

Wir hatten so unsere Befürchtungen. Besonders machten wir uns Gedanken darum, ob es vielleicht bald nichts mehr zu kaufen geben würde. Brigitte machte den Vorschlag, nach Liegnitz zu fahren. Ich sammelte unsere Kleiderkarten ein und wollte alles kaufen, was ich nur bekommen konnte. Auf unseren Fahrrädern fuhren wir nach Liegnitz, was auf den verschneiten, glatten Straßen nicht einfach war.

Diesen Tag werde ich nie vergessen! In Liegnitz waren die Straßen verlassen, kein Mensch war zu sehen. Die Häuser ragten wie Monumente in den Himmel, grau und kalt! Es war beklemmend, in der verlassenen Stadt zu sein, allein auf der Straße zu stehen, keinen Laut zu vernehmen! Rundum absolute Stille!

Brigitte sagte: „Da drüben ist unser Textilgeschäft! Es brennt noch Licht, also ist noch jemand da." Wir gingen hinein. Eine verstörte, junge Frau stand am Ladentisch und schaute uns eher erstaunt, als erfreut an. In den Regalen sah ich Stoffballen. Ich legte meine Kleiderkarte vor und wies auf den Stoff, den ich gern haben wollte. Sie nahm den Ballen aus dem Regal, schaute auf die Kleiderkarte und sagte, dass zur Zeit nur .... Punkte fällig seien und mir dafür lediglich 1½ Meter Stoff für Ausbesserungszwecke zur Verfügung stehen würden! Ich versuchte zu erklären, dass niemand mehr danach fragen würde wie viele Punkte fällig seien. Sie blieb unbeeindruckt und machte mir wiederum klar, dass sie nicht mehr Stoff abgeben könne als mir zur Zeit zustehe. Mir fiel der Bodenmeister Müller ein, der das Wort „Übergabe" gebraucht hatte, als er meine Bitte abwies, uns einen Sack Zucker auf den Fluchtwagen zu geben.

Die junge Frau schnitt 1½ Meter Stoff ab, wickelte ihn ein, schnitt die Punkte von der Kleiderkarte und kassierte den fälligen Betrag.

Ich konnte ihr Verhalten nicht verstehen! Sie war vielleicht fünf Jahre älter als Brigitte und ich. Warum war sie noch hier, allein im Geschäft? Rundum war kein Mensch mehr zu sehen; Liegnitz war verlassen. Wir fragten sie, warum sie noch hier sei und ob sie nicht mit uns auf die Flucht gehen wolle. Sie lächelte traurig und sagte, dass sie nicht weggehen könne - mehr sagte sie nicht!

Auf dem Heimweg radelten Brigitte und ich am Bahnhof vorbei. Ein Mann kam aus dem Bahnhof. Ich kannte ihn, er war ein Bahnbeamter aus Maltsch. Er sah mich auch. Ich stieg vom

Fahrrad, und gleichzeitig fragten wir: „Was machen Sie denn hier?" „Wir sind in Rotbrünnig, bis wir weiterziehen müssen." Er berichtete, dass er in Maltsch den letzten Zug mit Flüchtenden unter Beschuss aus dem Ort gefahren habe. Auch er wollte weiter; wir haben uns nie wiedergesehen. Ich denke noch heute oft an die vielen Menschen, denen ich auf der Flucht begegnet bin und die ich nie wieder getroffen habe. „Was wird aus ihnen geworden sein?"

Traurig radelten wir mit unserem kleinen Einkauf zurück.

An diesem Abend saßen wir wieder im Wohnzimmer beisammen. Ich erzählte von der jungen Frau aus Liegnitz, die gesagt hatte, dass sie nicht weggehen könne. Papa meinte, dass sie vielleicht einen kranken Familienangehörigen habe, der nicht imstande sei zu flüchten.

Wie immer wieder tagsüber und an jedem Abend, hörten wir auch heute die Nachrichten. Wir wurden genau über den Verlauf der Frontlinie unterrichtet und dringend zum Verlassen der Region aufgefordert. Wir gingen alle hinaus auf den Hof. Das dumpfe Grollen aus der Ferne schien näher zu rücken. Zitternd vor Angst und Kälte sahen wir, wie riesige Feuerscheine über den Nachthimmel zuckten. Wie weit waren sie entfernt? Brannte Liegnitz schon? Stummes Entsetzen! Jeder hegte Gedanken voller Angst. Jede Hoffnung schwand unter dem Zucken der gewaltigen, unheilverkündenden Feuerscheine.

Eine dunkle Gestalt kam auf den Hof - Herr Klose. „Morgen früh um acht ziehen wir weiter. Halten Sie das Gepäck bereit, wir dürfen keine Zeit verlieren!" Er ging vom Hof, ein Heimatloser voller Sorgen und Ängste.

Wir gingen in das Haus, das uns für ein paar Tage Geborgenheit gegeben hatte. Innerlich nahmen wir Abschied, wortlos, ohnmächtig, hoffnungslos. Nie wieder sollten wir auf der Flucht einen Ort finden, an dem uns die Türen derart offenstanden.

Am nächsten Morgen warteten wir auf den Wagen mit der Familie Klose. Alle Hausbewohner standen mit uns am Hoftor. Wir alle wussten, dass es ein Abschied für immer sein würde.

Papa versuchte noch einmal, die liebenswerte Gastgeberin zu überzeugen, dass es ratsam wäre, wenigstens eine ihrer Töchter mit uns gehen zu lassen. Ihre Antwort war: „Wenn hier jemand weggeht, dann der Franzose oder die Ukrainerin, die bei uns gearbeitet haben. Aber von der Familie geht keiner!"

Die Töchter weinten. Brigitte zitterte vor Angst, als wir uns umarmten. Ich weiß, dass sie gern mit uns gegangen wäre. Ein letztes Winken, dann waren sie für immer aus unserem Leben verschwunden. Wir haben uns nie wiedergesehen, aber wir haben gehört, dass die liebenswerte Familie ein grausames Schicksal erlitten hat.

Wir zogen weiter, immer weiter. An manchem Tag kamen wir jedoch nur wenige Kilometer voran. Das Land glich einem weißen Leichentuch. Es war von schwarzen Linien durchzogen, den Straßen, auf denen die Flüchtlingstrecks ihren Weg nahmen. Immer mehr Wagen drangen von den Nebenstraßen der Hauptstraße entgegen. Je weiter wir kamen, um so dichter wurde der Zug der Flüchtenden. Wenn wir endlich an einer

Hauptstraße angekommen waren, dauerte es oft viele Stunden, bis wir in den Treck einbiegen konnten.

Am Abend besprachen Papa und Herr Klose, auf welcher Route wir weiterziehen sollten. Papa riet davon ab, den Weg über Dresden zu nehmen, da diese kulturhistorische Stadt ein bevorzugtes Ziel für Luftangriffe sein könnte. Wir „gingen" über Meißen. Das war wahrscheinlich unser Glück, denn am 15.02.1945 bombardierte die englische Luftwaffe Dresden. Sie machte aus dieser herrlichen Stadt ein Trümmerfeld. Es kamen bei diesen Angriffen 25.000 Menschen ums Leben, da nicht, wie von Churchill gesagt, Truppenverlagerungen stattfanden, sondern viele Flüchtlingstrecks durch Dresden zogen und sich dort aufhielten.

Wir gingen im Treck. Der Fluchtweg war vorgezeichnet. Wir konnten nur noch ganz in der Nähe der Front entlang ziehen. Keiner der Wagen konnte ausbrechen, um schneller voranzukommen. Oft sahen wir vereinzelt Soldaten am Wegesrand neben dem vorbeiziehenden Treck stehen, als hielten sie Wache. Einmal fragte ich zwei Soldaten, wie weit wir von der Front entfernt seien. Sie lächelten freundlich, aber auch unendlich traurig: „Wir sind hier, weil der Treck noch nicht an der Front vorbei ist. Er muss sich weiter von hier weg bewegen!"
Ich verstand! Wir sollten so schnell wie möglich weiterziehen. „Wieder Helden ohne Ritterkreuz!" dachte ich.

Die eisige Kälte setzte uns sehr zu. Wir zogen an, was verfügbar war. Ich hatte die Skihose von meinem Bruder über die Kleidung gezogen und hatte hohe Schnürschuhe an, die in

Schlesien zur Winterkleidung gehörten. Der Schnee aber drang in die Schuhe und ich hatte täglich nasse Füße und hoffte, am Abend in einer Unterkunft die Schuhe und die Strümpfe zu trocknen. Jeden Abend, wenn es dunkel wurde und wir nicht mehr weiterzogen, ging ich auf Quartiersuche. So lange wir noch durch Schlesien zogen, von wo die Leute flüchteten, fanden wir immer eine Unterkunft zum Übernachten. So ging ich auch an diesem Abend mit Frau U. auf die Suche. Sie wies auf ein großes Haus: „Da, um das Gutshaus, stehen die Häuser mit den Gesindewohnungen. Da finden wir sicher etwas!"

Wir fanden eine kleine Wohnung. Die Wohnung war verlassen. Die Bewohner mussten kurz zuvor panikartig aufgebrochen sein. Sie hatten die Reste des Essens stehen lassen.

Dieser Abend war für uns wie ein Märchen! In der Küche glimmte noch das Feuer im Herd. In den Töpfen dampfte das Essen. Wir deckten den Tisch und verzehrten voller Dankbarkeit die warmen Speisen. Sie waren für uns ein Geschenk des Himmels. Ich dachte an das Märchen, in dem ein hungriger Bauernbursche in ein Schloss kam, wo er viele warme Speisen vorfand, aber niemandem begegnete.

Nach dem Essen spülten wir das Geschirr und stellten es in den Schrank zurück. Das war für uns selbstverständlich, niemand fragte: „Warum? Für wen?"

Wir brachen jeden Morgen zu früher Stunde auf. Immer wieder staunte ich darüber, dass auch in den verlassenen Orten die Stromversorgung noch immer funktionierte. Ich habe nirgends, auch später nicht, erfahren, dass es keinen Strom mehr gab. Es war mir ein Rätsel, wie das möglich war.

Inzwischen hatten wir Sachsen erreicht; das war deutlich am Dialekt zu erkennen. Eines Morgens standen wir wieder einmal im Stau. Natürlich hatten wir nichts zum Frühstück gehabt, und ich ging in ein Haus, um etwas zu Trinken zu erbitten. Eine Frau öffnete die Tür und rief entsetzt: „De Bolen gomm, de Bolen gomm!", und schlug die Tür zu.

Wir kamen kaum voran; der Stau zur nächsten Hauptstraße schien unendlich zu sein. Wir standen stundenlang und wurden von den Anwohnern neugierig durch die Fenster beobachtet. Plötzlich vernahmen wir Fliegergeräusche! Bedrohlich näherte sich ein russisches Flugzeug. Würden die Russen auf einen Treck schießen, auf Menschen, die sich nicht wehren konnten? Was sollten wir bloß machen? Papa rief: „Alle unter die Wagen!" Wir krochen, so gut es ging, unter die Wagen, und beobachteten von da unten das Geschehen am Himmel. Der russische Flieger hatte aus der Entfernung nur wenige Schüsse auf den Treck abgegeben, doch jetzt näherte er sich. Wir hielten den Atem an! Was würde passieren? Ein zweites Flugzeug war zu hören - ein deutscher Flieger! Ohne einen Schuss abzugeben, näherte er sich dem Russen von der Seite. Der drehte vom Treck ab, gefolgt von dem deutschen Flieger! Wir kamen aus unserem Versteck hervor und schauten dem Manöver zu, das sich nicht weit von uns abspielte. Niemand sprach. Die Spannung war greifbar. Was würde geschehen? Ein Feuerschein am Himmel, und das russische Flugzeug stürzte ab. Der deutsche Flieger, dem wir unser Leben zu verdanken hatten, entfernte sich und war bald außer Sicht. Wieder ein Held ohne Ritterkreuz!

Der Treck hatte sich noch nicht wieder in Bewegung gesetzt, als ein Offizier und ein Soldat auftauchten, um die Männer, die noch keine Greise waren, zum Kriegsdienst zu holen! Alle dachten es, aber niemand sagte es: „Was soll dieser Wahnsinn? Der Krieg ist doch schon verloren!"

Der Papa musste mitgehen. Herr Klose durfte als Treckführer bei uns bleiben. Meine Eltern umarmten sich. Papa ermahnte uns: „Lauft soweit ihr laufen könnt, nur fallt nicht den Russen in die Hände!" Er ging mit den beiden Soldaten und zwei anderen Männern aus dem Treck davon. Kein weiterer kriegsdienstfähiger Mann war in dem Treck zu finden. 80 % waren Frauen und Kinder, der Rest waren alte Leute. Junge Männer waren nicht dabei, die waren an der Front!

Mama und ich schauten dem Papa unendlich traurig nach. Der Krieg war doch so gut wie zu Ende! Wo sollten die Soldaten noch eingesetzt werden? Wann würden wir den Papa wiedersehen? Würden wir ihn überhaupt wiedersehen? Die Hoffnung war groß, denn der Krieg konnte doch nur noch ein paar Tage dauern!

Nach sechs Stunden schrecklicher Ereignisse standen wir immer noch auf derselben Stelle - machtlos und frierend. Mir fiel ein: „Mit Mann und Ross und Wagen, hat sie der Herr geschlagen!" Das war kein Gedicht, das war aus der Bibel!

Aus dem Haus der „Beobachter" kam eine Frau mit einem Tablett voller Tassen. Eine mitleidvolle Seele brachte uns in der eisigen Kälte heißen Tee. Die Frau forderte uns auf, zuzugreifen. „Nu nähm Se schonn!", sagte sie. Dankbar griffen wir zu. Als die geleerten Tassen wieder auf dem Tablett standen, sagte sie: „Fuffzich Fennje de Dosse!"

Immer wieder bekamen wir zu spüren, wie unwillkommen wir waren. Natürlich verstanden wir, dass die Menschen in unserem Lande, die ja alle schwere Zeiten mitmachten, uns nicht willkommen hießen. Sie befürchteten, mit uns „teilen" zu müssen - wo sie doch selbst nichts mehr hatten. So stießen wir nur auf Ablehnung.

Auch an diesem Abend suchte ich wieder ein Quartier. Ich ging von Tür zu Tür, bis ich endlich eine Unterkunft für drei Personen, für Mama, Frau U. und mich, fand. Wir wurden von zwei Frauen aufgenommen, deren Männer an der Front waren. In unserem derzeitigen Dasein war es ein Lichtblick, mit netten Menschen zu reden, die uns nicht misstrauisch begegneten. Die beiden Frauen erzählten von ihren Männern und von ihren Sorgen. Sie zeigten uns Fotos, meist Hochzeitsfotos, und sprachen von dem Glück, dass zu jener Zeit die Soldaten noch „Heiratsurlaub" bekamen. Später wurde durch die Ferntrauung für die Soldaten an der Front auch deren Frauen durch diese Eheschließung eine Kriegerwitwenrente garantiert, falls der Ehemann zu Tode käme. Ebenso wurde auf diesem Weg die Erbfolge gesichert.

Schon seit Beginn des Krieges ruhte die Verantwortung für teils große Betriebe, für die Landwirtschaft und für die Erziehung der Kinder, oftmals auf den Schultern der Frauen. Ich möchte nicht vergessen, die Rentner zu erwähnen, die wie selbstverständlich diesen Frauen mit Rat und Tat zur Seite standen. Sie packten da an, wo sie gebraucht wurden, wo man ihren Rat und ihre tatkräftige Hilfe benötigte.

Nach dem Krieg, als man über die Emanzipation der Frauen sprach, hatte ich so meine eigenen Gedanken. Die Emanzipation hatte doch längst stattgefunden, ohne Trara und große Worte. Sie war den Frauen aufgezwungen worden. Sie hatten es geschafft, sie hatten es schaffen müssen - auch ohne Trara. Für Trara hätte damals niemand Verständnis gehabt.

Immer seltener bekamen wir ein Nachtquartier in einem Haus. Nun mussten Scheunen und Ställe genutzt werden, um die Nächte bei großer Kälte „unter einem Dach" zu verbringen! Die nassen Schuhe und Strümpfe konnten in einem Stall nicht trocknen. Ein warmes Essen oder Getränk wurde zur Seltenheit.

Anfang März setzte das Tauwetter ein. Das war gut für die Menschen und die Pferde, die unter der großen Kälte gelitten hatten; die Nächte in einem Stall wurden erträglicher. Doch das Tauwetter war ein Unglück für die Menschen, die mit ihrem Hab und Gut auf einem Schlitten geflüchtet waren. Verzweifelt standen sie an den Straßenrändern und waren froh, wenn sie sich einem Wagen, der ihr Hab und Gut aufnahm, anschließen konnten und es nicht auf der Landstraße stehen lassen mussten. Schon im Februar hatte ich mich schweren Herzens von meinem Fahrrad getrennt, da ich es nicht mehr durch die Eiseskälte führen konnte, ohne mir dadurch die Hände zu erfrieren. Keiner der Flüchtenden hatte damit gerechnet, sechs Wochen bei eisiger Kälte und Schnee auf der Landstraße zu sein. Alle hatten auf eine baldige Rückkehr gehofft.

In den sächsischen Dörfern, die wir todmüde durchfuhren, roch es nach gekochtem Schweinefleisch und Brühe. Die Leute schlachteten ihre Tiere, da sie den Einmarsch der russischen Truppen befürchteten. Sicher würden die Soldaten das Vieh aus den Ställen holen, um es abzuschlachten und sich von der reichlich vorhandenen Beute zu ernähren.

Der Duft der Köstlichkeiten drang uns in die Nase. Da wir Hunger hatten und lange keine warme Mahlzeit mehr gegessen hatten, ging ich von Hof zu Hof und bat um etwas zu Essen, oder wenigstens um eine Tasse Brühe. Ich weiß nicht mehr wie viele Höfe ich aufgesucht habe, ich weiß nur noch, dass ich überall abgewiesen wurde. Nirgends erhielt ich eine „milde Gabe".

Unsere Kräfte nahmen ab. Tagsüber froren wir sehr, und in den Nächten erwärmten wir uns kaum. Aber wir gingen weiter zwischen der russischen und der amerikanischen Front. Wir gingen so lange, bis wir vermuteten, dass der Vormarsch der russischen Armee uns nicht erreichen würde, und wir hofften, dass die Amerikaner vor den Russen in diesem Gebiet sein würden.

Es war inzwischen Mitte März. In einem Vorort von Glauchau bekamen wir ein Quartier und beendeten unsere sechswöchige

Flucht. Wir wollten endlich wieder in einem Bett schlafen, uns waschen können und warmes Essen und warme Getränke zu uns nehmen. Nur Familie Klose zog es vor, mit dem Wagen weiterzuziehen, und so trennten sich unsere Wege.

Das Quartier war sehr bescheiden – ein nicht beheizbarer Bodenraum mit fünf Betten in dem alten Fachwerkhaus eines Holzhändlers. Man war offenbar auf „Vermieten" eingestellt. Wir zahlten 40,00 RM, was zu jener Zeit ein horrender Preis war. Mama und ich, Frau U. und ein altes Ehepaar zogen dort ein.

Das alles war recht unangenehm! Die Nähe zu den fremden Leuten, die mit uns in dem Zimmer schliefen, und der Schnee morgens auf meinem Bett, das an einer durchlöcherten Wand stand. Ich wollte dort nicht bleiben! Ich wollte, sobald der Krieg zu Ende sein würde, nach Berlin zu Tante Emma gehen. Dort würde uns auch der Papa finden.

Auf dem Gemeindeamt meldeten wir uns in dem Ort an und erhielten Lebensmittelkarten und Kohlenkarten. Die Kohlen verheizten wir in einem Zimmer des Wohnhauses unseres Vermieters, in dem wir uns aufhalten und essen durften. Für dieses „Entgegenkommen" wurden uns allerdings einige Pflichten auferlegt: Mama bekam die Aufgabe, außer für uns Fünf, auch für die Familie des Vermieters zu kochen. Frau U. wurde die Rolle der Putzfrau zugeordnet. Mama und Frau U. mussten die Wäsche für sämtliche Hausbewohner waschen. Die alte Frau kümmerte sich um das Kleinkind der Familie. Ich besorgte den Einkauf.

Wir Fünf mussten sparsam mit unserem Geld umgehen. Niemand fragte danach, ob wir überhaupt noch etwas hatten. Natürlich hatten die Menschen vor der Flucht versucht, ihr Geld vom Konto oder vom Sparbuch abzuheben, aber sie hatten nicht die von ihnen gewünschten Beträge ausgezahlt bekommen, sondern nur einen kleinen Anteil. Sicher lagen Anweisungen vor, wie viel jeder von seinem Vermögen ausgezahlt bekommen konnte. Ich weiß nicht, was den einzelnen Menschen zustand: Papa hat nicht darüber gesprochen. Wahrscheinlich dachten alle, „unterwegs" oder wenn der Krieg vorbei sein würde, über das Geld verfügen zu können.

Manchmal gingen Mama und ich zusammen nach Glauchau, um in dem Geschäft, in dem unsere Lebensmittelkarten angemeldet waren, einzukaufen. Uns war dieser gemeinsame Weg sehr wichtig, da wir ansonsten kaum mal eine Stunde allein waren - wir wohnten ja schließlich in einer Wohngemeinschaft.

Ich weiß nicht mehr, was wir an diesem Tag nach dem Einkaufen noch erledigen wollten. Wir standen in einer Behörde in einer Warteschlange. Wir hatten die Ausweise vorgelegt, und als wir mit unserem Namen und dem ehemaligen Wohnort aufgerufen wurden, löste sich eine junge Frau aus der Warteschlange und sprach uns an: „Sie sind Frau Mettke aus Rauße?" Mama beantwortete die Frage mit „Ja", und die fremde Frau begrüßte uns herzlich: „Ich kenne doch die Mettke-Kapelle! Ich war als junges Mädchen in Maltsch! Ich bin Mieke. Ich habe doch die Mettkes nicht vergessen!" Spontan lud sie uns ein, mit zu ihrer Tante zu gehen, bei der sie mit ihrer Mutter und ihrer Tochter, ihrer Schwester und deren Sohn, Unterkunft gefunden hatte. Die Tante und der Onkel, der sich natürlich im Krieg befand, besaßen eine Weberei, die aber nun geschlossen war.

Zwischen Mieke und ihrer Schwester Adelheid, und Mama und mir begann eine herzliche Freundschaft. Mama und ich besuchten sie oft in Glauchau besonders dann, als unsere jungen Freundinnen ein Behelfsheim bezogen hatten. Es wurden damals viele Behelfsheime gebaut, die für unsere bescheidenen Ansprüche schon ein wenig Komfort boten. Das waren kleine Holzhäuser, die wie große Starkästen aussahen. Der Komfort bestand aus einem Wohnraum, einer Kammer und einer Toilette.

In der Stube fand das Leben statt - Essen, Schlafen und Wohnen. Es war richtig gemütlich dort. Die Heimatvertriebenen nahmen dankbar diese Unterkünfte an.

Noch bevor der Krieg zu Ende war, machte sich die Mutter der beiden Freundinnen auf den Rückweg nach Schlesien. Sie wollte unbedingt auf ihren Besitz zurück und sehen, was daraus geworden war! Die beiden Töchter folgten nach Kriegsende ihrer Mutter. Wir haben nie wieder etwas von ihnen gehört, was nichts Gutes bedeutete.

Mama war wachsam! Jeden Abend las sie die Ortzeitung. Sie schien etwas zu suchen, und eines Tages sagte sie hocherfreut: „Hört mal, was hier steht! ‚Als Hebamme arbeitet in Lichtenstein E.S.' - Liesel!!!" Mama war total aufgeregt, und ich versprach ihr, sobald es möglich sein würde, mit ihr nach Lichtenstein zu fahren.

Dann kam der Tag, an dem die Amerikaner in Glauchau einmarschierten. Das geschah ohne Schießerei und ohne Gewaltanwendung. Es freute sich zwar niemand über den amerikanischen Einmarsch, aber alle waren erleichtert, dass nicht die Russen kamen! Die Front, an der die deutschen Soldaten dem russischen Vormarsch Widerstand boten, war noch „weit weg".

Die Amerikaner benötigten Quartiere. Dafür suchten sie Häuser aus, die von den Bewohnern sofort verlassen werden mussten. Das Wohnhaus der Familie P. wurde ebenfalls beschlagnahmt, und die Familie kam zu uns ins Fachwerkhaus. Auch Nachbarn, deren Haus von den Amerikanern beschlagnahmt worden war, suchten in dem alten Fachwerkhaus Unterkunft. Welch Aufwand für nur eine Nacht! Schon am nächsten Tag zogen die amerikanischen Soldaten weiter.

Ein Drama aus dieser vergleichsweise doch harmlosen Unterbrechung des Alltags, machte Herr P. Er wies mich an, ins Wohnhaus zu gehen, um den Fliegenschrank, in dem sich die Babynahrung befand, aus dem Keller zu holen. Mir, einem jungen Mädchen, würden die Amerikaner „nichts tun". Eine junge Frau aus der Nachbarschaft empörte sich und sagte, dass sie mit mir gehen würde. Wir beide gingen hinüber ins Wohnhaus. Wir hatten keine Angst und erklärten den Amerikanern mit Worten und Gesten, was wir wollten. „O.K.", sagten sie und gingen mit uns in den Keller.

Ich lachte, als ich sah, dass sie die Halsknoten der H.J. trugen, und erklärte ihnen, was das für Knoten seien. Natürlich wollten sie keine „Hitler-Jungen" sein, aber die Knoten, auf die sie stolz zu sein schienen, waren ihre „Beute".

Sie waren sehr nett und schenkten jeder von uns eine Schokolade. Zwei Soldaten nahmen den Schrank und trugen ihn hinüber in das alte Haus. Sie grüßten freundlich, fragten wo der Schrank hin solle und verabschiedeten sich.

Ich hatte zwar nicht erwartet, dass Herr P. sich bei mir und meiner Begleiterin bedanken würde, aber mit einem Vorwurf hatte ich nicht gerechnet. Er meinte, dass ich die Amerikaner ins Haus gelockt hätte, und wenn seiner Frau etwas „passieren" würde, ich ganz allein die Schuld daran trüge.

Immer wieder wurden unsinnige Dinge gesagt, um uns zu diskriminieren und zu beleidigen. Es bereitete diesem Mann Freude, dass wir nicht widersprechen konnten - wir waren auf „seine Gnade" angewiesen.

Es war an einem Sonntag, Anfang Mai 1945. Viele Flüchtlinge standen vor der Kirche in dem Vorort von Glauchau. Sie diskutierten, und es waren wieder Stimmen zu hören, die vom Ende des Krieges sprachen und meinten, dass wir nun nach Schlesien zurückkehren könnten. Diese Nachricht wurde immer wieder verbreitet! Ich weiß nicht, woher sie kam, oder ob nur der Wunsch der Vater des Gedankens war.

Aber der Krieg konnte nicht mehr lange dauern, wir waren doch längst besiegt!

An diesem Sonntag waren alle Flüchtlinge voller Hoffnung und fanden sich vor der evangelischen Kirche ein, gleich welcher Konfession sie angehörten. Sie wollten ja nur ein Wort des

Trostes hören, sie wollten aus den Worten des Pastors Hoffnung schöpfen - vielleicht sogar Hoffnung auf eine baldige Rückkehr! Auch Mama und ich gingen in die Kirche. Sie war so gut besucht, dass viele Leute keinen Sitzplatz mehr fanden. Sie standen in den Gängen und schauten zum Altar und warteten und warteten - wohl auf ein Wunder! Ich saß neben Mama am Ende einer Bank. Der Pastor in seinem schwarzen Talar stellte sich vor den Altar, er wandte sich der Gemeinde zu. Sein Gesicht war kalt, unnahbar, nicht von Liebe und Güte erfüllt. Er sagte, dass wir alle dorthin zurückgehen sollten, wo wir hergekommen seien!

Ich war empört! Ich stand auf! Ich wollte die Kirche verlassen! Die Mama zog mich auf den Sitz zurück: „Bleib hier! Mach es nicht noch schlimmer, als es ohnehin schon ist!"

Ich bin zwar nicht gegangen, aber ich habe in jenem Moment die Kirche verlassen! Seit jenem Tag vor 73 Jahren habe ich keine Kirche mehr betreten - außer zu Besichtigungen und Beerdigungen. Aber ich bin aus Überzeugung Christ und werde es immer bleiben!

Nach diesem misslungenen „Gottesdienst" gingen nicht nur Mama und ich bedrückt unseres Weges. Einen Weg „nach Hause" gab es nicht mehr!

In unserem Quartier gingen wir wieder unseren Pflichten nach. Abends lasen wir die Zeitung in der Hoffnung, etwas Konkretes, etwas Wegweisendes zu erfahren.

Es kam mir sehr gelegen, als Frau P. mich fragte, ob ich mit ihr ins Kino gehen möchte. Natürlich ging ich mit ihr ins Kino. Wir saßen nebeneinander. Ich weiß nicht mehr, welchen Film wir gesehen haben, ich weiß aber noch genau, dass damals vor jedem Film die Wochenschau mit den neuesten Kriegsberichten gezeigt wurde. Aufnahmen aus einer Stadt in Schlesien, ich glaube es war Striegau, die von den Deutschen zurückerobert worden war, waren zu sehen. Es war grausam! Tote Frauen in den Häusern! Die Röcke hochgezogen! Pure Verwüstung rundum! Frau P. stöhnte und hielt sich die Augen zu. Ich zog ihr die Hände von den Augen: „Sie werden sich das ansehen, damit Sie endlich begreifen, weshalb wir geflüchtet sind!"

Der Krieg war nun wirklich zu Ende! Die Nachricht ging wie ein Lauffeuer durch den Ort. Die Menschen waren erleichtert, dass nun nicht mehr geschossen und gekämpft wurde. In Grüppchen trafen sie sich auf der Straße und diskutierten darüber, wie es wohl weitergehen könnte; ob wir zurück nach Schlesien gehen dürften? Oder entsprach es der Wahrheit, dass Schlesien nicht mehr zu Deutschland gehören sollte? Was würde nun mit uns geschehen?

Jetzt endlich war es so weit, dass Mama und ich mit der Bahn nach Lichtenstein fahren konnten. Dort trafen wir Mamas Freundin Liesel, die mit ihren drei Töchtern in der Wohnung einer ansässigen Familie untergekommen war.
Das Wiedersehen ist nicht zu beschreiben! Wir waren überwältigt. Es flossen Tränen der Freude! „Wie seid Ihr hier hergekommen?". Mama und ich berichteten von unserer Flucht. Liesel erzählte, dass sie von einem vorbeifahrenden Soldatenauto

mitgenommen worden waren. Sie waren wohl die Letzten, die Rauße verlassen hatten.

Wir saßen stundenlang zusammen und sprachen darüber, wie es jetzt wohl weitergehen könnte. Was hatten wir uns nicht alles vorgenommen! Was wollten wir nach Kriegsende nicht alles unternehmen! Liesel hatte bereits beschlossen, mit den drei Töchtern nach Schlesien zurückzugehen. „Kommt doch mit! Wir wollen doch zusammen bleiben!" Mama war dieser Idee sehr zugetan. Zum Glück gelang es mir später, sie davon abzubringen. Ich konnte sie davon überzeugen, nach Berlin zu Tante Emma zu gehen, sobald die Fernzüge wieder fahren würden. Dort würde sich sicher auch der Papa einfinden.

Wieder in unserem Quartier angekommen, fragte uns Frau P., ob wir am Sonntag mit ihr nach Meerane gehen würden. Dort wollte sie eine Cousine besuchen. Außer dem alten Herrn A., gingen wir mit ihr. Wir liefen über die Autobahn zu unserem Ziel, da zu jener Zeit dort überhaupt kein Verkehr herrschte. Es war ein sehr warmer Tag. Wir zogen Schuhe und Strümpfe aus und liefen barfuß auf der warmen Straße.

Plötzlich vernahmen wir Fahrgeräusche. Auf der anderen Straßenseite fuhren große, amerikanische Fahrzeuge an uns vorbei. Das war der Rückzug der Amerikaner bis hin zur Mulde. Neugierig schauten wir hinüber. Wir standen still vor Staunen! In den Wagen saßen schwarze Menschen. Wir hatten uns nicht geirrt! Schwarze Menschen in den Autos!

Noch nie im Leben war jemand von uns schwarzen Menschen begegnet! Ganz plötzlich, ohne es zu ahnen, sahen wir sie leibhaftig vor uns, ganz nahe auf der anderen Straßenseite. Ungeniert schauten wir zu ihnen hin. Schwarze Menschen kannten wir bis jetzt nur aus Geschichten und Büchern. Sie schienen unser Staunen zu bemerken und lachten. Wir sahen ihre weißen Zähne in den schwarzen Gesichtern. Freundlich winkten sie uns zu, und wir winkten fröhlich zurück.

In Meerane kamen wir nach diesem überraschenden Ereignis recht gut gelaunt an. Frau P. ging ins Haus der Cousine und meinte, dass wir auf dem Hof auf sie warten sollten. Natürlich waren wir gastfreundlichen Schlesier zuerst erstaunt, aber eigentlich wunderten wir uns über gar nichts mehr! Wir warteten geduldig einige Stunden auf dem Hof. Wir bekamen an diesem heißen Tag nicht mal ein Glas Wasser angeboten.

Die Amerikaner waren auf dem Rückzug. Die Russen rückten nach, vorerst bis zur Mulde, die Glauchau von unserem derzeitigen Wohnort trennte. „Die Russen kommen!", hieß es. Die Leute blieben in ihren Häusern. Herr P. hängte ein weißes Laken zum Zeichen „des Ergebens" aus der Dachluke, und um seine Mütze band er ein weißes Tuch. Wir hatten befürchtet, dass die Häuser beschlagnahmt werden würden, was aber nicht geschah. Der Einzug der russischen Armee verlief zu dieser Zeit „ohne besondere Vorkommnisse".

Allmählich füllten sich auch wieder die Straßen. Aber es hatte sich doch etwas geändert.

Mama und ich gingen nach Glauchau, um unsere Lebensmittel einzukaufen. Auf „unserer Seite" der Mulde, die nunmehr von den Russen kontrolliert wurde, stand vor der Brücke ein russischer Posten, der uns zuerst nicht in das amerikanische Gebiet durchlassen wollte. Als wir die Lebensmittelkarten vorzeigten, reagierte er nicht. Erst als wir das „Zauberwort" Talon gebrauchten, nickte er verständnisvoll und ließ uns passieren.

Das sollte aber nicht so bleiben! Natürlich ahnten wir das damals nicht, dass ein „Herauskommen" aus russischem Gebiet fortan mit Schwierigkeiten verbunden sein würde, doch noch war es nicht so weit!

Den Amerikaner auf der anderen Seite der Brücke interessierte es nicht, weshalb wir kamen. Er ließ uns in das amerikanische Gebiet hinein und auch wieder hinaus.

Einige Tage danach wollte ich wieder nach Glauchau zum Einkaufen. Diesem russischen Posten jedoch imponierte das „Zauberwort" Talon überhaupt nicht. Er blieb hart und ließ uns nicht passieren!

Was nun? Ich schaute hinunter zur Mulde und sah eine Ansammlung von Menschen ratlos vor dem eigentlich harmlos aussehenden Gewässer stehen. Es gab nur einen Weg nach Glauchau, den durch die Mulde! Die Menschen waren sich wohl nicht im Klaren darüber, wie gefährlich es sein würde, diesen Weg zu wählen. Schließlich zogen sie Schuhe und Strümpfe aus und begannen, durch den Fluss zu waten. Ich schloss mich ihnen an, hielt meine Schuhe im Einkaufsbeutel hoch und watete Seite an Seite mit den anderen Menschen durch den Fluss.

Der russische Posten beobachtete uns von der Brücke aus. Als wir die Mitte des Flusses erreicht hatten, schoss er hinab auf die Watenden. Die Leute gerieten in Panik, sie schrien, die Schüsse peitschten ins Wasser. Eine Frau rutschte aus und verlor ihre Schuhe. Kurz entschlossen schwamm ich den Schuhen nach. Plötzlich verstummten die Schüsse. Ich schaute zur Brücke hoch und sah, dass der amerikanische Posten neben seinem Waffenbruder stand und auf ihn einredete. Er hielt ihn wohl davon ab, weiter zu schießen.

Da niemand getroffen worden war, glaube ich, dass der Posten nicht die Absicht hatte, jemanden zu erschießen, sondern lediglich Panik erzeugen wollte! Ein Spielchen mit der Macht, die er besaß! Ich atmete auf. Wieder einmal Glück gehabt! Ich dachte an den Beschuss durch den russischen Tiefflieger auf unserem Treck!

Nun saßen die Leute erschöpft auf der anderen Seite des Flusses auf dem Rasen und zogen ihre Schuhe wieder an. Es herrschte Schweigen, wie immer nach solch bedrohlicher Situation. Ich gab der Frau ihre Schuhe zurück. Sie sah mich verständnislos an und bedankte sich nicht einmal. Heute würde man sagen: „Sie war traumatisiert!" Und damals? Sagte man gar nichts! Es war ein großes Glück, dass niemand, weshalb auch immer, zu Schaden gekommen war.

Ich war total durchnässt und zog die ebenfalls nassen Schuhe wieder an. Ich achtete nicht darauf. Ich dachte auch nicht darüber nach, wie ich wieder zurückkommen würde. Ich erledigte den Einkauf und ging wieder zu der Brücke. Diese kleine Brücke, dieser doch recht unbedeutende Fluss, waren eine Trennlinie geworden, die erste Trennlinie, die ich erlebte, ohne zu ahnen, wie viele Linien dereinst unser Land zerstückeln würden.

Der amerikanische Posten achtete nicht auf die Passanten, und der russische Posten winkte uns durch!

Inzwischen war wohl so einigen Leuten klar geworden, dass man ohne Schwierigkeiten in russisches Gebiet hinein kam, aber nicht ohne Schwierigkeiten wieder hinaus!

Der Rückzug der Amerikaner endete nicht an der Mulde. Er wurde weiter in Richtung Westen fortgesetzt. Und wieder einmal hatte man Glück, auf dieser, oder nicht so viel Glück, auf jener Seite zu sein! Wo wir hingehörten, lag nicht mehr in unserem Ermessen. Wir waren heimatlos!

Um nach Glauchau zu gehen, konnte man fortan die Brücke passieren, ohne Posten, ohne Talon, ohne Gefahren! Ich schaute mich um, rundherum war nun russisches Besatzungsgebiet. Das war die spätere DDR, was damals natürlich noch niemand wusste. Ich ging durch Glauchau, eine Stadt, die nicht zerbombt und auch nicht zerschossen war. Auf dem Marktplatz sah ich rundherum rote Fahnen hängen. Naiv dachte ich: „Das ging aber schnell! Wo haben sie nur all die roten Fahnen her?" Ich schaute mir die roten Fahnen genauer an und sah - ich konnte es kaum glauben - große Kreise in der Mitte der Fahnen. Nun war mir alles klar! In diesen Kreisen prangte sicher noch vor wenigen Tagen auf weißem Grund das schwarze Hakenkreuz - nun herausgetrennt! Das fand ich recht grotesk. Ich musste lachen und dachte: „Ganz schön clever, die Sachsen!"

Aber es gab noch eine rote Überraschung! In Glauchau waren viele Webereien ansässig. Nach dem verlorenen Krieg waren nun wohl die Fahnenstoffe nicht mehr so gefragt, und so wurden sie meterweise an Passanten, natürlich in begrenztem Maße, abgegeben. Ich stellte mich an einem der Verkaufsstände an und bekam ein Stück Stoff ausgehändigt. Die rote Welle war nicht zu übersehen - viele Frauen und Mädchen liefen jetzt in roten Röcken durch die Stadt. Ich auch! Heute würde man sagen „die sind in"; damals war es jedoch keine Modeerscheinung, sondern ein nützliches Kleidungsstück aus Fahnenstoff.

Die Nachkriegszeit

Immer wieder versuchte ich, Mama davon zu überzeugen, dass es Zeit sei, Glauchau zu verlassen und nach Berlin zu gehen. Ich fragte mich, warum sie zögerte. Ich glaube, sie hatte noch immer die Absicht, mit Liesel und deren Töchtern nach Schlesien zurückzugehen. Doch auch Liesel zögerte nun. Immer wieder hörte man von Schlesiern, die zurückgegangen waren, dass sie nicht mehr in ihre Häuser durften, dass es nicht mehr erlaubt war, Deutsch zu sprechen, und dass sie vollkommen verzweifelt ihre Heimat ein zweites Mal verlassen mussten. Sie hatten ihr letztes Hab und Gut, das sie zuvor unter Entbehrungen gerettet hatten, endgültig verloren.

Schließlich überzeugte ich Mama davon, zu Tante Emma zu gehen, weil der Papa sicher dorthin kommen würde, um uns zu finden. Er wusste doch nicht, wie weit wir noch auf der Flucht gegangen waren.

Liesel entschloss sich, nun doch in Lichtenstein zu bleiben, und wir, Mama und ich, machten uns Anfang August 1945 auf den Weg nach Berlin, der auf dem Bahnhof in Glauchau begann. Natürlich gab es noch keinen Fahrplan. Nach stundenlangem Warten bestiegen wir einen Zug, der in „Richtung Berlin" fuhr. Ganz gleich, wie weit wir kommen würden! Hauptsache die Richtung stimmte!

Nachts durften die Züge nicht fahren, da dies zu gefährlich war! Also Endstation, alles aussteigen!

Wir beschlossen, wie die anderen Reisenden auch, die Nacht auf dem Bahnhof zu verbringen, und zu warten, bis am nächsten Tag ein Zug in Richtung Berlin fahren würde.

Ich weiß nicht mehr, in welcher Stadt wir uns befanden. Wie vor sieben Monaten in Maltsch, saßen wir in der Bahnhofshalle dicht gedrängt auf unserem Gepäck. Ein russischer Soldat stand mit seinem Gewehr in der Halle und beobachtete das Geschehen. Es dauerte nicht lange, da wussten wir seine Anwesenheit zu schätzen. Ein Mann, ein Pole, belästigte eine Frau und wollte ihr das Gepäck wegnehmen. Der russische Soldat griff ein, und der Angreifer verzog sich in eine Ecke. Plötzlich stand ein Heimkehrer aus dem Krieg in verschlissener Uniform neben uns: „Kommen Sie mit mir! Sie können hier nicht bleiben! Das ist zu gefährlich! Wenn der russische Posten einschläft oder die Halle verlässt, haben die Plünderer freie Bahn!"

Wir gingen mit ihm in einen nahegelegenen Bunker, in dem sich schon viele Menschen befanden. An der Wand entlang waren schmale Bretter angebracht, die als Sitzplätze dienten. Wir konnten dort auch Platz nehmen.

Zwei Männer und der Soldat hielten die Nacht hindurch an der Bunkertür Wache. Sie schützten uns vor Plünderern. Wieder Helden ohne Orden!

Die Nacht verlief ruhig. Am nächsten Morgen trotteten wir zum Bahnhof. Auf einem Bahnsteig, von dem aus ein Zug nach Berlin fahren sollte, standen die Menschen dicht gedrängt. Mama und ich stellten uns dazu. Es war kaum zu glauben, dass all diese Menschen in nur einem Zug Platz finden würden. Natürlich hatte jeder auch noch ein Gepäckstück dabei. Ich gab die Hoffnung auf, einen Platz zu finden. Ich konnte mir nicht vorstellen, wie wir in diesen Zug gelangen würden.

Inzwischen waren wir durch den Druck von hinten „mitten drin". Als der Zug einfuhr drängten die Leute so sehr, dass die Gefahr bestand, auf die Gleise gestoßen zu werden. Der Zug hielt. Wir hatten Glück, dass sich eine Zugtür vor uns befand. Die Tür wurde aufgerissen, und ich sah, dass die Mama durch die Tür geschoben wurde. Ich konnte kaum ein Bein bewegen. Ich war sehr aufgeregt, und der Druck von hinten wurde stärker. Soweit das möglich war, gab ich acht, dass ich die Stufen erreichte ohne hinzufallen. Endlich hatte ich wieder festen Boden unter den Füßen – den Fußboden im Zug.

Mama hatte einen Sitzplatz bekommen, und ich hatte zwischen all den Menschen einen Quetschplatz erhalten. Fallen konnte ich nicht, so gedrängt standen wir. Die Mama konnte ich, wenn ich den Kopf in die richtige Richtung drehte, sehen. Die Hauptsache war, dass wir zusammen in einem Zug, ja sogar in einem Abteil waren.

Auf dem Trittbrett zu fahren, was durchaus üblich war und auch ich schon getan hatte, war verboten. Niemand durfte außerhalb eines Wagens mitfahren, da der Zug in Dresden über die schwer beschädigte Elbbrücke fahren würde.

Der Zug verlor an Tempo. Er schien nur noch zu schleichen! Durch dieses Schleichen aber wurde jedem bewusst, dass er jetzt über die Brücke fuhr. Stille herrschte in dem Wagen. Niemand regte sich, als könne er durch dieses Verhalten die Gefahr der Fahrt mildern und die Gefährlichkeit herabsetzen.

Vorsichtig versuchte ich mit den dafür nötigen Verrenkungen, einen Blick aus dem Fenster zu werfen. Ich sah nur Wasser - ich schloss die Augen.

Die Fahrt schien eine Ewigkeit zu dauern, eine Ewigkeit voller erdrückender Angst. Als der Zug endlich das andere Ufer erreicht hatte und allmählich an Tempo zulegte, ging ein Aufatmen durch den Wagen, ein Seufzen der Erleichterung, das zu hören war.

Das war die wahrscheinlich schlimmste, und sicher auch die gefährlichste Situation, die ich in der Nachkriegszeit erlebt habe.

Endlich kamen wir in Berlin an, erschöpft, aber voller Hoffnung, Tante Emma zu sehen, den Papa bald wieder bei uns zu haben, wieder zusammen sein, nicht mit fremden Menschen in einem Zimmer zu schlafen, wieder so etwas wie ein Zuhause zu haben.

Ich weiß nicht mehr, auf welchem Bahnhof in Berlin wir angekommen waren. Wir mussten zum nächsten S-Bahnhof laufen, da die Strecke noch nicht durchgehend befahrbar war. Es war an einem heißen Tag, als wir die ersten Schritte auf Berliner Boden taten. Wir standen auf der Straße und schauten uns um. Es war schrecklich! Einfach schrecklich, was wir da sahen!

Wir hatten es doch geschafft! Wir waren doch froh, bald bei Tante Emma zu sein! Doch nun sahen wir nur einen einzigen Trümmerhaufen. Das schöne Berlin so kaputt, so geschunden, dass wir glaubten, nicht richtig zu sehen! Wir konnten einfach nicht weitergehen! Mama und ich standen und schauten und die Tränen liefen uns aus den Augen. So eine Verwüstung hatten wir nicht erwartet. Es schien kein Stein mehr auf dem anderen zu stehen! Fassungslos sahen wir uns an. Da stand noch ein Stück Mauer, an dem blaue Fliesen klebten. Dort muss einmal ein Bad gewesen sein! Wo sind die Menschen hin, die dort ein Zuhause hatten? Lebten sie noch?

Wir trotteten weiter. Den Weg zur S-Bahn wussten wir nicht, wir folgten den Leuten mit Gepäck. Da sahen wir zum ersten Mal die Trümmerfrauen!

Sie standen in den Trümmern, in Schutt und Verwüstung, wie es schlimmer nicht sein konnte. Frauen, die Tücher um den Kopf und Lumpen um die Hände gewickelt hatten, die in dieser Hitze, von Staub und Schutt umgeben, Steine beklopften und auf einen Haufen stapelten. Frauen, die die ersten Steine für den Wiederaufbau verwendbar klopften. Frauen, die arbeiteten, um für ihre Kinder etwas zu essen kaufen zu können. Frauen, die das Geld brauchten, um die kleinen Zuteilungen bezahlen zu können.

Sie schauten uns nicht an! Auf ihren Gesichtern lag der graue Staub, den sie ab und zu mit ihren umwickelten Händen wegwischten. Ich hatte das Gefühl, als hätte ich Staub in Mund und Nase.

Mama und ich waren zutiefst erschüttert, wir sagten beide nichts mehr bis wir in der S-Bahn saßen. Mama drückte meine Hand, und ich wusste, was sie mir sagen wollte.

Damals, im August 1945, hätte ich es nicht für möglich gehalten, dass Jahrzehnte später ein Buch mit dem Titel „Die

Trümmerfrauenlüge" verlegt werden würde, geschrieben von einer jungen Frau, deren Eltern zu jener Zeit wahrscheinlich noch nicht geboren waren. Ich als Zeitzeugin kann so viel „Unwissenheit" - um es vorsichtig auszudrücken - nicht begreifen. Schon allein dieser Titel ist eine Beleidigung der Generation, die das alles ertragen musste!

Ermattet, hungrig und durstig, kamen wir in Röntgental an. Unsere Schritte wurden langsamer, je näher wir Tante Emmas Haus kamen. Onkel Max sah uns kommen und meldete uns bei Tante Emma an. Dann standen wir einander gegenüber. Wir schauten uns an und konnten nichts sagen. Weinend schlossen wir uns in die Arme. „Da seid Ihr ja! Ihr lebt! Wie gut, dass wir uns endlich wiedersehen!"

Onkel Paul und Tante Liesbeth aus Rauße waren schon da! Sie wohnten in der ersten Etage, in einer verwaisten Zahnarztpraxis. Der Arzt hatte es vorgezogen, nicht in den russisch besetzten Teil Deutschlands zurückzukehren.

Mama und ich bekamen das ehemalige Wartezimmer in der ersten Etage. Es sah aus, als hätte man uns beide erwartet. Ein Bett und eine Couch standen in dem Raum.

So allmählich trafen Nachrichten von allen aus Schlesien geflüchteten Verwandten ein. In einem Briefkasten am Gartentor, der eigentlich nicht mehr benutzt wurde, da der Postbote die Briefe im Haus abgab, fand ich einen Brief von Cousin Heinz. Es war das erste Lebenszeichen von ihm, das wohl niemand mehr erwartet hatte.

Onkel Paul nahm den Brief mit zitternden Händen entgegen. Er sagte nichts, die Tränen liefen über seine Wangen, Tränen der Freude. Dieses Ereignis, ein großes, herrliches Ereignis, wirkte auf uns wie ein Sonnenstrahl aus düsterem Himmel.

Heinz hatte es nach Mölln verschlagen, wo er Fuß fassen konnte. Wenige Jahre danach starb er an Kriegsfolgen. Sein Herz hatte all die schlimmen Kriegs- und Nachkriegsereignisse nicht verkraften können. Ich hatte ihn seit Kindheitstagen nur noch einmal gesehen, als er seine Eltern in Röntgental besuchte. Onkel Paul hatte den Tod seines Sohnes nicht erlebt, er war vor ihm aus dem Leben geschieden - Gott war ihm gnädig .

Meine beiden Gefährten aus herrlichen Kindheitstagen lebten nun nicht mehr. Manchmal glaubte ich, vor einem tiefen, schwarzen Loch zu stehen! Alles war anders! Unser Leben verlief in anderen Bahnen! Wie würde es weiter gehen?

Mama und ich besuchten Tante Martha, Mamas Schwester, im russischen Sektor von Berlin. Tante Marthas Wohnung war ausgebombt. Sie „wohnte" nun in einem ehemaligen Laden. Ich weiß nicht, was es dort einst zu kaufen gegeben haben könnte.

Die Wiedersehensfreude war groß. Jeder war froh und erleichtert, wenn sich ein Verwandter, der die schlimme Zeit überstanden hatte, endlich meldete. So ging es auch Tante Martha. Aus lauter Freude ging sie sofort zum Bäcker und holte auf ihre Lebensmittelkarten ein Weißbrot. Ein Hochgenuss! Sie sagte nicht, wie viele Tage sie nun kein Weißbrot mehr kaufen konnte. Sie bot es uns so gerne an, zumal unsere Lebensmittelrationen in der russischen Besatzungszone noch beschränkter waren als im Ostsektor.

Wir hatten viel zu erzählen. Tante Martha hatte eine freudige Botschaft. Ihr Sohn Günther hatte sich aus russischer Kriegsgefangenschaft, aus einem Ort in Polen, gemeldet.

Sie hatte aber auch eine traurige Nachricht für uns. Cousine Marthel, die kurzzeitig nach Schlesien zurückgekehrt war, hatte dort erfahren, dass Mamas Mutter, meine Großmutter, tot in ihrem Haus in einer Blutlache liegend, mit einer schweren Kopfverletzung aufgefunden worden war. Nachbarn hatten sie in eine Decke gehüllt und begraben. Sie war 92 Jahre alt geworden.

Tante Martha berichtete auch, dass ihre und Mamas älteste Schwester, die sich von ihrem Wohnort im Riesengebirge auf die Flucht begeben hatte, seit diesem Tag verschollen war. Nie haben wir etwas über ihr Schicksal erfahren können. Nie haben wir gehört, wann und wo sie ums Leben gekommen ist.

Auch bei Tante Emma gingen weitere Nachrichten ein. Über das Schicksal von Papas Tante Anna aus Dambritsch erfuhren wir von Nachbarn, mit denen sie auf die Flucht gegangen war, dass sie diese nicht überlebt hatte und unterwegs an Schwäche gestorben war.

Meine Cousine Martha aus Rauße mit Mutter und Schwester meldete sich ebenfalls bei Tante Emma. Sie hatten die Flucht mit schrecklichen Ereignissen in der Tschechei überstanden. Sie meldeten sich aus Bayern, wo sie auch ansässig wurden

Inzwischen hatten Mama und ich uns in Röntgental auf dem Einwohnermeldeamt eintragen lassen. Um die vielen Frauen, die von russischen Soldaten vergewaltigt worden waren, zu einem Arztbesuch zu verpflichten, war für die Bewilligung der Lebensmittelkarten eine gynäkologische Untersuchung vorgeschrieben. So konnten die Frauen, die sonst aus Scham keinen Arzt aufgesucht hätten, medizinisch behandelt werden. Nach dieser Untersuchung wurden, unabhängig von ihrem Ergebnis, die Lebensmittelkarten bewilligt.

Wir bekamen die Lebensmittelkarten! Nun begann das Anstehen vor den Geschäften, um die Minirationen zu erhalten. Nicht selten habe ich vor einer Metzgerei in einer langen Warteschlange bis zu sechs Stunden angestanden, um dann zu hören: „Fleisch ist alle! Versuchen Sie es morgen wieder!"

Oft bestanden die Fleischzuteilungen unserer Lebensmittelkarten aus Pferdefleisch. „Das mag ich nicht!", war ein Satz, den man kaum mal hörte. Es wurde alles verzehrt, was essbar war - Hunger ist der beste Koch! Das Stammgericht, an das ich heute noch mit Grausen denke, bestand aus fein geschnittenen Möhren, die mit geriebenen, rohen Kartoffeln angedickt wurden. Augen zu und „guten Appetit"!

Der Krieg war längst zu Gunsten der Alliierten entschieden, aber das Sterben der gehetzten, verzweifelten Menschen nahm kein Ende. Die Welt wurde von der Nachricht erschüttert, dass die Amerikaner am 06.08.1945 über Hiroshima die erste Atombombe abgeworfen hatten. 200.000 Tote! Niemand konnte diese entsetzliche Tat begreifen.

Ende August kam Papa, abgemagert wie alle Heimkehrer, in zerschlissener Kleidung, aber voller Freude, uns gefunden zu haben, aus dem Krieg zurück. „Alles wird gut!"

Natürlich war uns inzwischen bewusst, dass unser Schicksal besiegelt war, und dass wir, wie alle Menschen aus den deutschen Ostgebieten, nie mehr in unsere Heimat zurückkehren könnten. Die deutschen Ostgebiete wurden Polen von den Alliierten zugesprochen.

Immer wieder, auch in späteren Jahren, habe ich daran gedacht, was wir alles haben ertragen müssen. Was war allein in unserer Familie passiert? Was hat meine Mutter alles über sich ergehen lassen müssen? Mein Bruder war gefallen, wir mussten die Heimat verlassen, ihre Mutter war erschlagen in ihrem Hause aufgefunden worden, viele Verwandte waren umgekommen oder vermisst. Meine Eltern haben wohl all diese Schicksalsschläge nur deshalb ertragen können, weil sie eine große Liebe miteinander verband, und sie nicht die Hoffnung auf ein friedvolles Leben nach dem Krieg aufgegeben hatten.

Inzwischen schrieben wir das Jahr 1946. Eigentlich hatte sich kaum etwas geändert. Wer Glück hatte und zufällig im Westen angesiedelt war, erhielt eine bessere Versorgung, wer kein Glück hatte und zufällig im Osten wohnte, war benachteiligt. Man sprach vom „Westen" und vom „Osten", eigentlich damals schon von zwei deutschen Teilen. Der Osten war die russische Besatzungszone, der Westen umfasste die französische, die englische und die amerikanische Besatzungszone.

Die Stadt Berlin, die in der russischen Besatzungszone lag, war in vier Sektoren eingeteilt - den russischen, den englischen, den französischen und den amerikanischen. Diese Zonen und Sektoren, die gesamten Besatzungsgebiete, waren der Rest des ehemaligen Deutschlands.

Wir alle hatten eine Hoffnung - in Frieden arbeiten zu können und unser geschundenes Restland wieder aufbauen zu können. Doch nach wie vor kämpften wir täglich ums nackte Überleben. Die Menschen im gesamten Osten und die in den großen Städten litten an Unterversorgung. Wer noch irgendetwas von Wert besaß, tauschte es auf dem Lande bei den Bauern in etwas Essbares um. Die Bauern wurden täglich von Hungrigen heimgesucht, und man bot ihnen Dinge an, die sie sicher nicht gebrauchen konnten. Manch wertvolles Stück wurde hergegeben, um ein paar Kartoffeln zu erhalten. Von den Hungernden stammt der Satz: „Den Bauern fehlt nur noch das Klavier im Kuhstall und der Teppich im Schweinestall!"

In der Ostzone waren die Familien, in denen ein Familienmitglied der NSDAP angehört hatte, besonders übel dran. Die „Ehemaligen" bekamen keine Lebensmittelkarten und mussten somit bei der ohnehin schlechten Versorgungslage von der Familie mit ernährt werden. Jeder Nazi, der Hausbesitzer war, wurde enteignet. Sein Haus wurde einem Mitglied der neuen Partei, der KPD, zugesprochen. Die „Ehemaligen" mussten Strafarbeit bei den „Neuen" leisten. An jedem Wochenende wurden sie eingesetzt, in den Häusern und Gärten der neuen

Besitzer zu arbeiten, natürlich ohne Entgelt! Die Nazis sollten aber wiederum in die Gesellschaft eingegliedert werden und so wurde beschlossen, sie zu „entnazifizieren"!

Was in diesem Lande blühte, war der Schwarzmarkt! Niemand wusste, woher die Waren kamen, die angeboten wurden. Nicht nur Kartoffeln und Mehl - wahre Kostbarkeiten - gab es dort, auch Schokolade, Kaffee und Zigaretten waren zu haben. Diese Genussmittel waren sehr teuer. So mancher Schwarzhändler verdiente an dem Elend der Menschen und wurde dabei reich. Bald sprach man von ihnen als den „Neureichen", und sie waren äußerst unbeliebt. Böse Witze kamen über sie in Umlauf.

Wir konnten es uns nicht leisten, bei den Schwarzhändlern zu kaufen. Wieder war es Tante Emma, die den Flüchtlingen in ihrem Hause in der ersten Etage half. Sie „versilberte" Onkel Max Klappdeckeluhr aus purem Gold. Von dem Erlös kaufte sie Lebensmittel und sogar einen halben Ochsen und bedachte uns großzügig. Nach langer Zeit stand endlich wieder ein richtiges Fleischgericht auf dem Tisch!

Auch Gemüse sollte nun keine Rarität mehr sein. Eine Freundin von Tante Emma überließ dem Papa ihren Garten. Nun konnten wir die Möhren für das neue „Nationalgericht" selbst züchten. Papa pflegte den Garten sehr zu unserem Wohle.

Onkel Max führte Onkel Paul und Papa im Röntgentaler Männergesangverein ein, den Papa später leitete. Es sprach sich schnell herum, dass Onkel Paul Trompetenunterricht erteilte. Eines Tages besuchten ihn zwei junge Männer und fragten an, ob er sie unterrichten würde. Onkel Paul sagte: „Ja!".

Nun kamen die beiden regelmäßig ins Haus. Vorwiegend mit Günther kam ich bald ins Gespräch. Er war ungefähr in meinem Alter. Günther lud mich ein, ihn und seine Eltern, die beide Klavierunterricht gaben, zu besuchen. Ich könnte dort spielen. Natürlich besuchte ich die Familie W. Allerdings kam es nicht zum Klavierspielen. Günthers Vater, einem ehemaligen Sänger, war bekannt, dass ich aus einer Musikerfamilie stammte. Er fragte mich, ob ich singen könne. Natürlich konnte ich singen! Er begleitete mich auf dem Klavier. „Sie sollten Gesangsunterricht nehmen!" Herr W. schlug einen Besuch bei einem Gesangsprofessor in Berlin-Pankow vor.

Aber bevor es dazu kam, fuhr ich mit Günther zum Kartoffelnhamstern in die Lausitz. Dort hatte unser ehemaliger Treckführer aus Maltsch, begünstigt durch den Besitz des Fluchtwagens und der beiden Pferde, einen „Neubauernhof" übernehmen können. Die Neubauernfamilie Klose empfing uns gastfreundlich. Das war ein Erlebnis! Den Abend verbrachten wir im Gasthof, wo ein Klavier stand. Günther spielte, alle sangen, und das Lokal füllte sich schnell mit Gästen, die sich von der Musik angezogen fühlten.

Am nächsten Tag fuhren Günther und ich mit Kartoffeln beladen, so viele wir tragen konnten, zurück nach Röntgental. Unsere Ausbeute war so groß, dass wir zusätzlich noch einen Koffer voller Kartoffeln nach Röntgental schicken konnten. Leider kam dieser Koffer drei Wochen danach aufgeschnitten und ausgeraubt an.

Durch seine freundliche, hilfsbereite Art gewann Papa sehr schnell viele Freunde. Gegenüber von Tante Emmas Haus übernahm ein jüdisches Ehepaar, das verborgen in Röntgental den Krieg überlebt hatte, eine z. Zt. leerstehende Zahnarztpraxis. Meine Eltern freundeten sich mit dem Zahnarztehepaar an. Papa konnte „nützliche Arbeiten" verrichten, und Mama übernahm eigentlich das Amt einer Putzfrau. Papa bekam Kleidungsstücke von Dr. N. geschenkt, und ab und zu wurden wir von ihnen zum Essen eingeladen.

Es gab noch ein, für meine Eltern positives Ereignis. Sie bekamen eine kleine Wohnung zugewiesen. Der „Umzug" war schnell gemacht! Besonders erfreulich war, dass auch Onkel Paul und Tante Liesbeth eine kleine Wohnung erhalten hatten, und zwar im Haus von Tante Käte. Nun konnte Tante Emma wieder frei über die erste Etage ihres Hauses verfügen.

Auch mein Leben veränderte sich in kleinen Schritten positiv.

Alle Menschen wollten arbeiten, beim Aufbauen helfen und natürlich auch Geld verdienen. Beim Gemeindeamt fragte ich nach, wo ich arbeiten könnte. Man nannte mir die Adresse des Leiters eines Sägewerkes: „Die brauchen jemanden fürs Büro." Ich suchte den Sägewerksleiter auf und trug mein Anliegen vor. „Sie können sofort in der Lohnbuchhaltung anfangen." Meine Bedenken, so etwas noch nie gemacht zu haben, wischte er mit einer Handbewegung weg. „Das lernen Sie schnell!"

Ich lernte es schnell! Und es machte mir sogar Spaß. Allerdings gab ich die Stelle nach ungefähr einem halben Jahr wieder auf, um in Berlin Gesang zu studieren.

Herr W. und ich hatten inzwischen den „Professor" besucht. Der Professor war ein Sänger, Tenor, der mit Herrn W. vor längerer Zeit am selben Theater engagiert gewesen war. Er nannte sich nicht Professor, er nannte sich schlicht und bescheiden „Musikdirektor". Mit diesem Titel konnte ich wenig anfangen, und ich glaube, der Musikdirektor hätte mir nicht erklären können, was diese Bezeichnung für seine jetzige Position bedeutete. Außerdem nannte er sich in Abkürzung seiner imposanten Vornamen Martin Friedrich Wilhelm - einfach Marfriwi! So nannten ihn auch seine Schüler, Titel und Nachnamen nicht beachtend - Marfriewi! Natürlich war der Musikdirektor, zu dem ich aufschaute, von meiner Stimme begeistert. Er unterhielt sich mit Herrn W. über die Rollen, die für mich am geeignetsten seien. Vollkommen beglückt beschloss ich, Gesangsunterricht zu nehmen. In Onkel Paul fand ich einen Befürworter dieses Vorhabens. Allerdings musste Papa entscheiden, ob dieser Plan finanzierbar war.

Familie W., die während der Nazizeit ein schweres Leben hatte, da Günters Mutter Jüdin war, hatte nun ein schönes Haus zugesprochen bekommen. Oft lud sie zu Hauskonzerten ein. Das war sehr schön, da auch meine Eltern dabei sein konnten. Marfriewi beschloss, mit seinen Schülern die Oper „Martha" einzustudieren. Da ich einige Duette aus dieser Oper mit Marfriewi gesungen hatte, nahm ich an, dass ich die Martha singen würde. Aber da erschien eine Sängerin, eine ehemalige Schülerin von Marfriewi, in unserem Kreis. 35 Jahre alt! Für mein Dafürhalten viel zu alt für diese Partie!

Zerknirscht, aber doch die Haltung wahrend, nahm ich lächelnd die Partie einer Magd an. Wir probten und übten voller Begeisterung und Freude in Marfriewis Wohnung, der häufigen Stromsperren wegen oft nur von Hindenburg-Lichtchen ins rechte Licht gesetzt.

Als wir eines Tages wieder einmal bei Stromsperre probten, klopfte es heftig an die Flurtür, denn die Flurklingel funktionierte natürlich nicht. Dienstbeflissen eilte eine Magd hinaus. „Draußen steht ein alter, dicker Grauer", verkündete sie - man bedenke die dürftige Beleuchtung. Ich schaute doch recht erstaunt zur Tür, als ein junger, gutaussehender Mann den Raum betrat. Wir Mägde alle waren sehr überrascht! Toll fand ich, dass dieser „Graue" neben mir Platz nahm. Wir probten weiter. Er lauschte aufmerksam: „Ich habe schon vom Hausflur aus zugehört!", und zu mir gewandt sagte er, dass er meine Stimme für die schönste halte. Daraufhin trällerte ich voller Begeisterung: „Ich kann nähen, Fäden drehen, ich kann - ---".
Meine Stimme schien Herrn B. wirklich zu gefallen, denn immer, wenn ich zum Unterricht kam, war „seine Stunde" gerade beendet. Stets fragte er, ob er zuhören dürfe. So kam es dann auch, dass wir gemeinsam zur S-Bahnstation Pankow gingen. Allerdings fuhren wir in verschiedene Richtungen, er in den französischen Sektor, und ich in die russische Zone.
Manchmal gingen Herr B. und ich nach dem Unterricht zusammen durch die Stadt. Fast alle Geschäfte waren geschlossen! Was sollten sie auch anbieten? Es gab doch keine Waren! Die meisten Fenster waren mit Holzbrettern vernagelt. Doch

ein Geschäft hatte ein kleines Schaufenster, in dem sich die verschiedensten Dinge befanden. Es gehörte zu einem Tauschgeschäft! Das war eine sehr gute Einrichtung. Viele Neugierige, so auch mein Begleiter und ich, schauten, was dort angeboten wurde. Ich entdeckte ein Paar Schuhe - Schuhe, die ich dringend benötigte! Wir erkundigten uns sofort in dem Geschäft, was man anbieten müsste, um diese Schuhe zur erhalten - die nur eine halbe Nummer zu groß waren, also passten! Wir bekamen die Auskunft, dass es sich hier um „Ringtausch" handele und dass man bringen könne, was man gerade habe! Also Rares für Rares!

Zu Hause erzählte ich von dem Schatz, den ich im Tauschladen entdeckt hatte. Eigentlich besaßen wir nichts, was wir entbehren konnten, doch Mama opferte eine große Flasche „Kölnisch Wasser", die sie, sehr zu unserem Erstaunen, mit auf die Flucht genommen hatte. Ich bekam die Schuhe, und die kostbare Flasche wurde gleich in das kleine Schaufenster gestellt. Sie erregte die Gemüter vieler Pankower Frauen. Immer, wenn ich dort vorbei ging, hörte ich, wie die Bewunderer dieser Rarität überlegten, wie und durch welchen Schatz sie in den Besitz des Duftwassers gelangen könnten.

Meine wunderbaren neuen Schuhe, die mit einer Schnalle versehen waren, wurden mit viel Geschick von Onkel Paul „passend" gemacht! Die Schnalle wurde festgenäht, so dass die Schuhe strammer am Fuß saßen, und ich dadurch nicht so schnell hinausschlüpfen konnte.

Allzu gern verriet Marfiewi Herrn B., wann ich zum Unterricht kommen würde. Sehr zu seiner Freude gingen wir nach jeder Unterrichtsstunde gemeinsam zum Bahnhof Pankow.

Inzwischen war es Winter geworden und sehr kalt! Wärmehallen waren von den Städten eingerichtet worden. Doch waren sie nicht bis zum späten Abend geöffnet, und außerdem musste man auch dort den Mantel anbehalten - es war nicht warm, es fehlte an Sitzplätzen, es war ungemütlich.

Immer wieder hörte man den Ausspruch: „Es gibt nichts, was man in den Ofen stecken kann!" Überall war es kalt, und die Zu- und Abwasserleitungen froren ein! So wurde alles, was nicht abfließen konnte, an den Straßenrändern ausgeschüttet. Der Anblick war recht unschön; außerdem konnte man auf den Eisflächen leicht ins Rutschen kommen. Da hieß es: „Augen zu und durch!" Was aber würde geschehen, wenn Tauwetter einsetzen würde?

Eines Tages fragte mich mein Begleiter in bester Laune, ob ich heute Abend mit ihm in die Oper gehen würde, wozu er mich gern einladen möchte. Ich freute mich unbändig. In dieser Zeit in die Oper!

Doch ich schaute an mir herunter. Die „neuen" Schuhe waren akzeptabel. Auch der Mantel, der in einer Änderungsschneiderei - früher Herrenschneiderei - aus einer grünen Lodendecke genäht worden war, saß ausgezeichnet. Aber die Kleidung darunter! Ich sagte: „Eigentlich kann ich gar nicht mit Ihnen gehen! Ich habe kein elegantes Kleid an. Außerdem habe ich unter diesem Kleid der Kälte wegen die Skihose meines Bruders an, die ich schon auf der Flucht getragen habe." Er lachte: „Ich wollte Ihnen noch sagen, dass Sie Ihren schönen Mantel anbehalten müssen. Die Theater sind, wenn überhaupt, recht schlecht beheizt, es könnte also sehr kalt sein." Nun nahm ich diese liebenswerte Einladung sehr gern und voller Freude an.

Wir fuhren mit der S-Bahn in den Westsektor und sahen „Figaros Hochzeit" in der Städtischen Oper - ein traumhaftes Erlebnis in dieser entbehrungsreichen Zeit. Ich aber sah noch mehr als nur die Oper, nämlich die Amerikanerinnen in ihren schicken, schwarzen Kleidern, die ohne Mäntel nicht zu frieren schienen! Wir beide aber waren sehr fröhlich und davon überzeugt, dass wir eines Tages, genau wie die Amerikaner jetzt, in schicker Garderobe in die Oper gehen würden! Mein Begleiter meinte sogar, dass die Zeit kommen würde, dass wir nach der Oper eine Weinstube oder ein Restaurant aufsuchen könnten. Lachend sagte er: „Ich fahre jetzt in der S-Bahn mit Ihnen bis nach Röntgental, da können wir uns noch eine Weile unterhalten."

Natürlich hatte ich zu Hause erzählt, dass ich beim Gesangsunterricht einen jungen Mann kennengelernt hatte, der mir sehr gefiel und der mich zu einer Opernaufführung eingeladen hatte. Meine Eltern schienen eher als ich bemerkt zu haben, dass dieser junge Mann mir mehr bedeutete als eine Bekanntschaft!

In der Weihnachtszeit bekam ich von Tante Käte eine Opern-karte für eine Aufführung von Rigoletto geschenkt. Welch wunderbare Überraschung! Wer gab sein Geld schon für solchen Luxus aus? Es war schwer genug, das Nötigste für das tägliche, karge Leben zu finanzieren.

Cousine Edith und ich fuhren nach Berlin, in den Admiralspalast. Der Admiralspalast war nun das erste Haus am Platz, da die Staatsoper ausgebombt war.

Wir beide waren glücklich, in die Oper gehen zu können und etwas zu erleben, was für uns und die meisten Menschen zur Zeit eine große Besonderheit war. Dieses Haus zu betreten war schon ein Genuss. Wir befanden uns in einer anderen Welt, die „heutige Welt" hatten wir draußen vor der Tür gelassen.

Als die Musik einsetzte, schauten wir uns glücklich an. Wir versanken in einem Rausch! Selbst die braunen Röcke der Damen auf dem Ball des Herzogs von Mantua konnten unsere frohe Stimmung nicht trüben; die schönen bunten Oberteile sollten „den Notstand" vertuschen. Edith und ich schauten uns lächelnd an. Wir hatten sicher dieselben Gedanken.

In der Pause sagte ich: „Die Braunröcke erinnern mich an die Rotröcke aus Fahnenstoff." Edith nickte. Der braune Stoff wurde ja auch nicht mehr gebraucht und nun anderweitig, zweckdienlich verwendet.

Inzwischen war es Januar geworden. Mein Gesangsstudium machte mir viel Freude, und Herrn B. anscheinend auch. Schon seit einiger Zeit sagten wir „Du" zu einander.

Immer wieder erzählte ich zu Hause von Rudolf, was Papa veranlasste, mich so Einiges zu fragen. Ich berichtete gern alles, was ich über ihn wusste! Papa war wohl ein wenig misstrauisch, denn der Gesangsunterricht konnte doch nicht alles sein, womit sich ein junger Mann beschäftigte. So ganz genau wusste ich auch nicht Bescheid. Ich wusste, dass er Ingenieur war, nun aber Sänger werden wollte! Papa schmunzelte. „Jetzt möchten wir ihn aber auch mal kennen lernen. Lad ihn doch für nächsten Sonntag zum Kaffee ein."

Gesagt, getan! Der Besuch wurde ein voller Erfolg! Papa und Rudolf verstanden sich sofort bestens! Es gab viele gemeinsame Interessen, zum Beispiel die Musik und die Technik. So erfuhr Papa, dass Rudolf der jüngste Konstruktionschef unter Wernher von Braun gewesen war.

Natürlich gefiel es Papa nicht, dass Rudolf sich keine feste Anstellung suchte. Als Selbständiger baute er Radios, die er gewinnbringend verkaufen konnte. Sie waren sehr gefragt, denn sie waren im Handel noch nicht zu haben. Bauteile, wie zum Beispiel Röhren, wurden ab und zu angeboten. Später half ich erfolgreich beim Einkauf.

Im Frühjahr teilte uns Tante Emma mit, dass ihre Freundin, die Papa den Garten zur Verfügung gestellt hatte, in Röntgental heiraten würde. Da es weder etwas zu kaufen gab, noch wir das Geld gehabt hätten, ein Geschenk zu bezahlen, wollte Papa ihr mit einer Überraschung eine besondere Freude machen. Er schrieb das Sanctus von Schubert in vier Stimmen und studierte mit uns dieses wunderschöne Musikstück ein. Ich sang den

Sopranpart, Mama Alt, Rudolf Tenor und Papa Bariton. Wir sangen es zur Trauung in der Kirche. Es war ein wunderbares Gefühl, dort zu singen. Das junge Ehepaar bedankte sich bei uns für das schönste Geschenk, das es zur Hochzeit erhalten hatte.

Auch unsere Hochzeit, Rudolfs und meine, wurde besprochen. Zur Zeit der Sektoren gab es einige Schwierigkeiten. Nicht wir bestimmten, wo wir wohnen wollten, die jeweilige Besatzungsmacht hatte da mitzureden! In den englischen und amerikanischen Sektor hätte ich als Ehefrau keine Zuzugsgenehmigung erhalten. Die „Kopfzahl" durfte nicht überschritten werden - aus versorgungstechnischen Gründen, hieß es. Für den russischen Sektor wie auch für die russische Zone, gab es diesbezüglich keine Begrenzungen! Da wir aber im „Westen" bleiben wollten, erhielt ich auf Anfrage die Zuzugsgenehmigung als zukünftige Ehefrau in den französischen Sektor. Die Franzosen hatten anscheinend keine Kopfzahlprobleme, aber Verständnis für die Liebe. Daraufhin zog ich zu Rudolf in seine kleine Wohnung, die wir allerdings mit einer zweiten Familie teilen mussten.

Im Juli 1947 heirateten wir. Meine Brautschuhe wurden aus weißem Leder angefertigt und mit einem Rundfunkgerät bezahlt! Es ging bergauf! Schuhe waren schon immer etwas teuer - auch in kleinen Größen! Allerdings war das Geschäft mit dem Radiobauen rückläufig. Da Rudolf im französischen Sektor trotz aller Bemühungen keine Anstellung erhielt, bewarb er sich im russischen Sektor, wo dringend Ingenieure gesucht wurden. Siemens-Plania wurde demontiert, und dafür benötigte man Fachkräfte! Auf den Bahngleisen in der Ostzone standen Züge mit demontierten Fabriken zum Abtransport nach Russland bereit. Der Volksmund sprach von „Deutschland in Kisten!"

Wir, meine Eltern, Rudolf und ich, unterhielten uns oft über die Zukunft in unserem Land, über die Aussichten, über den Abbau der Industrie. Rudolf, der immer eine klare Sichtweise hatte, verkündete, dass dieser Abbau, diese Demontage der Maschinen, als große Chance genutzt werden sollte. Er sagte, dass es zu teuer ja fast unmöglich wäre, die zerbombten Anlagen mit den alten Maschinen wieder aufzubauen und funktionsfähig zu machen. Er meinte zuversichtlich, dass wir, die Deutschen, nun gezwungen seien. alles nach dem neuesten Stand der Technik wieder aufzubauen. Optimistisch sagte er: „Wir werden eine moderne Industrie haben, wie kaum ein zweites Land in Europa! Wir werden alles tun und daran arbeiten, dass unser Land für die Zukunft wettbewerbsfähig aufgebaut wird!"

Und wir haben es geschafft!!!

Eine neue Zeit beginnt!

So langsam begann sich Einiges zu ändern. Natürlich war der Hunger 1947 noch groß, wenn man sich von den Lebensmittelkarten, von dem, was man darauf kaufen konnte, ernähren musste. Das Hamstern, das Fahren zu den Bauern aufs Land war noch gang und gäbe.

In unserem Leben ereignete sich viel Positives! Wir alle waren von dem Wunsch erfüllt, wieder normale Zeiten zu haben und sie durch Arbeit zu schaffen. Rudolf hatte eine Anstellung in Ostberlin zur Demontage von Siemens-Plania erhalten. Der „Direktor" war kein deutscher Ingenieur, sondern ein hoher russischer Offizier. Es kam damals, wie oft auch heute noch, in hohen Positionen nicht auf Fachkenntnisse an, sondern auf Macht; und die hatte die Besatzungsmacht in hohem Maße! Ich bemerkte, dass Rudolf zu dem „mächtigen Direktor" nicht gerade ein freundschaftliches Verhältnis hatte. Das lag hauptsächlich an den unterschiedlichen Meinungen die Technik betreffend. Irgendwie nahmen wir die leichte Disharmonie nicht so schwer. Vielleicht, weil wir im „Westen" und nicht im „Osten" wohnten? Vielleicht auch, weil deutsche Ingenieure dringend gebraucht wurden?

Dieses Arbeitsverhältnis im Ostsektor hatte noch eine besondere Seite. Die Angestellten bekamen nach Rang geordnet ab und zu ein Lebensmittelpaket von der Besatzungsmacht. Dieses „Pajok" musste man an einem bestimmten Ort in Ostberlin abholen. Ich erinnere mich an das Pajok zu Weihnachten. Es enthielt Fleisch, Fett, Mehl und Zucker.

Noch eine Weihnachtsüberraschung erhielten wir von Rudolfs Freund E. aus Schweden. Er meldete sich mit der freundlichen Nachricht, dass er an seine frühere Vermieterin ein Fresspaket - so nannte man solch gute Gabe - gesendet habe, in dem er für uns ein Pfund Margarine mitgeschickt hätte.

Rudolf machte sich für dieses Pfund Margarine auf den Weg nach Ostberlin zu der angegebenen Adresse und brachte von dort freudestrahlend die gute Gabe mit nach Hause! Das war eine Freude! Auch die Zuteilungen im französischen Sektor konnten eine Zugabe gut gebrauchen. Wie gerne hätte mir Rudolf mal eine Schokolade geschenkt - der Wunschtraum aller Frauen! Er hatte jetzt zwar ein festes Einkommen, aber der Preis von 200 Mark auf dem Schwarzmarkt war zu hoch für den süßen Luxus.

Auch Kleidung gab es noch nicht zu kaufen. Aber die „Modemacher" waren erfinderisch. Aus der Not geboren, wurden die „Buntkarierten" zur großen Nachkriegsmode. Das waren Dirndlkleider aus rot- oder blau-karierten Bettbezügen genäht. Diese Bezüge waren in „früheren Zeiten" für die Gesindebetten in bäuerlichen Haushalten verwendet worden. Auch in Haushalten, in denen zum Beispiel Gesellen im Hause des Meisters wohnten, waren sie üblich gewesen.

Bei der Hutmode war es, wie in Kriegszeiten, auch jetzt noch üblich, aus zwei Teilen eines zu fertigen. Es war nicht anders möglich, da es noch keinen Filz zu kaufen gab. Die Hüte wurden umgepresst, und so entstand aus zwei Hüten ein Hut. Wirklich schöne Modelle wurden hergestellt! Auch ich besaß einen Hut aus zwei alten Hüten gefertigt und war sehr stolz darauf.

Eine besonders gute Idee war, die so dringend benötigten Wintermäntel aus Decken zu nähen. So entstand eine ganz neue Mantelmode mit übergroßen Karos oder mit Meandermuster. Schneidereien konnten ihre Werkstätten wieder öffnen, und jeder war froh, wenn er einen solchen Mantel besaß.

Wie verlief unser tägliches Leben? Die Trennung zwischen Ost und West wurde immer deutlicher. Wir waren wachsam und gingen mit offenen Augen durchs Leben. Jede Kleinigkeit wurde registriert.

Wenn man im Osten wohnte, hörte man Rias, den Rundfunk im amerikanischen Sektor, natürlich nur sehr leise.

Zeitungen aus dem Westen waren sehr beliebt, durften aber nicht mit in den Ostsektor gebracht werden. In den Bahnstationen im Osten wurden Kontrollen in den Zügen aus dem Westsektor durchgeführt. Waren aus dem Westen mit in den Ostsektor zu bringen stand unter Strafe.

Ansonsten verlief das Leben mit den Besatzungsmächten zumeist friedlich! In den russisch besetzten Gebieten war Ruhe eingekehrt, es geschahen kaum noch Übergriffe. Vorwiegend vom amerikanischen Sektor könnte man sagen, dass ganz langsam eine leichte Freundschaft begann. Viele amerikanische Soldaten hatten den Wunsch, ein deutsches Weihnachtsfest zu erleben. Familien im amerikanischen Sektor luden die Besatzungssoldaten zum Weihnachtsfest ein. Die Gastgeber freuten sich über die Gaben, die die Amerikaner mitbrachten, wie z.B. Kaffee, Zigaretten und Schokolade, der Inbegriff von Luxus in dieser entbehrungsreichen Zeit. Die Gäste waren so beliebt, dass im Rias eine Meldung durchgegeben wurde, nicht mehr in den Kasernen anzurufen, da alle Soldaten für Weihnachten ausgebucht seien!

Aber auch die Mädchen fielen den Besatzungssoldaten auf. Die armen Kriegskinder trugen nun selbstbewusst die „Nachkriegsmode", und sie sahen darin so schön aus, dass die amerikanischen Soldaten vom „Fräuleinwunder" sprachen, und manches Fräulein aus der Buntkariertenzeit wurde die Braut eines Amerikaners.

Es geschahen viele nette Dinge, die typisch waren für diese Stadt. In den Ruinen der Stadt Berlin wurde ein wohl imposanter Kater beobachtet, der ein wahrer Rattenjäger, also äußerst nützlich war. Ungeziefer, das man loswerden wollte, gab es reichlich in den Ruinen, und so genoss der fleißige Kater ein hohes Ansehen bei der Bevölkerung und wurde auch dem Senat bekannt. Natürlich hatte er Freunde, die ihm ab und zu etwas Milch brachten. Aber wer hatte schon Milch übrig? So geschah es, dass der Kater vom Senat praktisch „ein Gehalt" bekam, das von einem seiner Freunde in Milchrationen angelegt wurde! Das erfreute die Herzen der Berliner! Noch nie hatte es einen Kater gegeben, der ein Gehalt bezog!

Am 20.06.1948 wurde die Währungsreform im Westen verkündet! Schon lange wurde gemunkelt, dass „etwas passieren würde", und die Schwarzhändler waren wachsam!

Wir tauschten Geld um: Jeder erhielt 40,00 DM Startkapital für 40,00 RM, so dass alle Leute die „gleichen Chancen" hatten, das Beste daraus zu machen. Die wachsamen Schwarzhändler boten nun die Tafel Schokolade für nur 8,00 DM an! Rudolf übereichte mir freudestrahlend eine Tafel dieser Kostbarkeit! Der erste Einkauf von der neuen Währung!

Wir kamen nicht aus dem Staunen heraus! Von einem Tag auf den anderen gab es in den Geschäften einfach wieder alles, was das Herz und der Magen begehrten! Wir gingen durch die Straßen und entdeckten in den Schaufenstern, dass nun eine Tafel Schokolade für nur 1,00 DM und ein Paar Schuhe von bester Qualität für 40,00 DM zu haben waren.

Den Aufschwung nach der Währungsreform im Westen konnte man täglich sehen! Das Rätselraten um die plötzlich zur Verfügung stehenden Waren war groß. Wo kamen sie her? Warteten sie schon lange im Verborgenen auf diesen tollen Tag? Den Tag der Währungsreform?

Da Rudolf nun eine feste Anstellung in Ostberlin hatte, suchten wir dort eine Wohnung. Da kam uns der „Kopftausch" sehr zu recht. Ein Ehepaar aus Berlin-Karlshorst wollte in den West-sektor übersiedeln, benötigte aber Gott sei Dank keine Wohnung. So konnte der Kopftausch erfolgen, und das Ehepaar erhielt die Zuzugsgenehmigung in den französischen Sektor. Wir zogen in die Wohnung der Kopftauschpartner in Karls-horst.

Die Wohnung war ein Traum für uns! Nun hatten wir eine große Wohnung mit Bad für uns allein. Und wir wohnten nicht in der zerstörten Innenstadt! Natürlich waren die Fenster noch mit Brettern vernagelt, aber da konnte uns mein Vater helfen. Er bekam als Lohn für das Verputzen eines Gartenhauses eines Glasermeisters, die Scheiben für die Fenster unserer Wohnung. Wir fühlten uns wie im Märchen.

Den Fußboden aus Holzdielen strichen wir in Ermangelung eines Pinsels mit einem Tischbesen. Wir staunten über unser Werk und freuten uns. Das sah einfach herrlich aus! Doch als ich die ersten Schritte auf diesem schönen Boden tat, blieben meine Schuhsohlen an der Farbe hängen. Es dauerte eine Ewigkeit, bis sie getrocknet war.

Was uns jetzt noch fehlte, waren ein paar Möbelstücke. Die Wohnungen in der Prachtstraße von Karlshorst, der Treskow-Allee, waren für die Offiziere der russischen Besatzungsmacht geräumt worden, und die Möbel, die in diesen Wohnungen verblieben waren, waren in den Kellerräumen gespeichert worden. Rudolf wurde der Zutritt zu diesen Räumen gestattet, und er durfte sich dort einige Stücke nach Bedarf aussuchen. Er wühlte tagelang in den Kellern und fand einige brauchbare Möbel zur Vervollständigung unserer Wohnungseinrichtung.

Da Rudolf in Ostberlin arbeitete und wir dort lebten, war unsere Währung die Ostmark. Die Westwährung hatte einen höheren Wert – je nach Tageskurs erhielt man zum Beispiel für 3,5 bis 5,5 Ostmark eine Westmark.

In Ostberlin wie in der Ostzone gab es noch die Lebensmittelkarten. Von der Ostregierung wurde verkündet, dass das erste „Normaljahr" das Jahr 1950 sein sollte. Da es im Westen ein größeres und besseres Warenangebot gab als im Osten, waren wir in den russischen Besatzungsgebieten im Nachteil.

Im Westsektor lebte Rudolfs Vater. Das war ein Glück! Hauptsächlich für mich! Schuhe, im Osten kaum zu haben, schicke Stoffe, Schokolade, Kaffee und noch viele Dinge mehr, konnte man dort kaufen. Bei einem Besuch bei meinem Schwiegervater, gab er mir für die Rückfahrt nach Karlshorst drei Westmark. Da ich bereits eine Fahrkarte hatte, kaufte ich von diesem Geld einige Köstlichkeiten, die es „drüben" - die allgemeine Bezeichnung für den anderen Sektor – nicht gab. Für die drei Westmark kaufte ich ein vollständiges Mittagessen ... Matjesheringe und grünen Salat!

1949 wurde die Bundesrepublik Deutschland gegründet, und Adenauer wurde ab 5. September der erste deutsche Bundeskanzler, bis 1961. Er war und blieb der bedeutendste deutsche Bundeskanzler. Am 7. Oktober 1949 wurde die DDR, die Deutsche Demokratische Republik, gegründet. Wilhelm Pieck wurde Staatspräsident des neuen deutschen Staates. Nun gab es zwei neue deutsche Staaten, die zusammen wesentlich kleiner waren als Deutschland vor 1945. Jedoch ein Staat wollte den anderen nicht anerkennen - die Deutsche Demokratische Republik nicht die Bundesrepublik Deutschland, und auch nicht umgekehrt. In der DDR sprach man in Regierungskreisen in verächtlichem Ton über die BRD. Pieck, der Staatspräsident, Grotewohl und Ulbricht, die Spitzenpolitiker, überboten sich mit abwertenden Äußerungen über den Westen - armes, geteiltes Deutschland!

Adenauer war der erste große Politiker der Nachkriegszeit, der wesentlich dazu beitrug, Deutschland wieder zu Ansehen und

Achtung in der Welt zu verhelfen. Er war Politiker von hohem Ansehen! Er war zur rechten Zeit am rechten Platz! Adenauer blieb bis zum heutigen Tage der bedeutendste Nachkriegspolitiker - niemand konnte ihm das Wasser reichen!

In dem von Ulbricht angekündigten Normaljahr 1950, war noch lange nicht alles normal! Es gab noch immer Lebensmittelkarten! Der Neid war groß, wenn man in ein Lebensmittelgeschäft ging und zum Beispiel Milch auf Zuteilung „alle" war, aber die Frauen der Besatzungssoldaten auf ihre „Marken" sogar noch Sahne kaufen konnten, die für uns nicht zu haben war. Sie brauchten auch nicht anzustehen, was wir ab und zu noch mussten.

Für Rudolf und mich wurde 1950 zu einem ganz besonderen Jahr. Anfang Juni wurde unsere Tochter geboren! Konnte es normaler und schöner sein? Wir alle, die ganze Familie, waren glücklich. Alte Freunde meines Mannes meldeten sich, und die Verwandten in und um Berlin herum besuchten uns, um die neue Erdenbürgerin auf diesem Planeten zu begrüßen!

Meine Eltern waren besonders glücklich. Sie unterstützten uns bei der Suche nach einem Kinderwagen. Es war nur der DDR-Einheitswagen, der sogenannte „Plattenwagen", zu bekommen. Immer diese Rationierungen! Mir fiel auf, dass ich die Hälfte meines Lebens in der Zeit von Rationierungen verbracht hatte. Eine Menge Dinge waren noch immer knapp, oder kaum zu haben! So auch Lederartikel! Schuhe zum Beispiel kauften wir im Westsektor. Man hätte dort nach Belieben einkaufen können, wäre der Wechselkurs nicht gewesen! Für die meisten Ostdeutschen war die Westware einfach nicht bezahlbar.

Natürlich wurde der Wechselkurs auch von den Leuten aus dem Westen genutzt, besonders in der Weihnachtszeit, wenn es im Osten markenfreies Geflügel zu kaufen gab! Durch die verschiedene Kaufkraft der Währungen entstanden die ersten Unterschiede! Oft wurden die Leute aus dem Osten, die ja keinerlei Einfluss auf die Gesamtlage hatten, von Bürgern aus dem Westen recht herablassend behandelt. Aber auch die Menschen aus dem Westen waren nur zufällig und nicht durch eigenes Zutun in der besseren Position. Das wurde schnell vergessen! Und das ist leider bis heute noch nicht vollkommen erledigt!

An einem Sonntagmorgen im Jahr 1952 wurde ich Zeugin einer beschämenden Szene. Auf den Bahnsteigen gab es schon wieder Würstchenstände. Aus einer aus dem Westsektor kommenden S-Bahn stieg ein Mann mit zwei großen Hunden aus. Er kaufte am Stand Würstchen und fütterte damit ungeniert, für alle sichtbar, seine Hunde. Die Passanten nahmen die gespielte Überlegenheit und Geringschätzung wahr. Sie kommentierten diese Szene nicht, aber ich sah traurige Gesichter. Ich fühlte mich armselig!

Ich hatte aber auch schöne Erlebnisse. Mein im Westsektor lebender Schwiegervater gab mir Geld für ein Paar Schuhe. Ein Glücksfall! Im Schuhgeschäft suchte ich mir ein Paar herrliche Schuhe aus, doch mein Westgeld reichte nicht, um sie bezahlen zu können. Ich muss wohl recht traurig ausgesehen haben, denn der Geschäftsführer fragte mich freundlich, wohl wissend „um was es ging", wie viel Geld ich denn hätte. Ich nannte den Betrag. Es fehlten 30 DM. „Geben Sie mir Ihr Westgeld, und die 30 DM Rest bezahlen Sie 1:1 in Ostmark." Ich konnte es kaum glauben! Noch ein Glücksfall an diesem Tag!

Der Transport von Schuhen von West nach Ost war recht einfach, da man sie anziehen konnte. Äußerst gefährlich war der Transport von Genussmitteln und Zeitungen, denn es war Ostbürgern ja verboten, Waren im Westen zu kaufen, oder Westgeld zu besitzen! Wenn man dieses Verbot missachtete und in eine Polizeikontrolle geriet, konnte das eine Gefängnisstrafe nach sich ziehen!

Solche prekären Situationen im Osten wussten westliche Kabarettisten in ihren Sendungen treffend und äußerst bissig darzustellen – sehr zur Freude der „Rias-Leisehörer" im Osten! Günther Neumann zum Beispiel besang in seinem Kabarett den tollen Osten! Ich erinnere mich noch an die Melodie und den Refrain des Liedes „Es lebe hoch und höher die deutsche Republik und unser neuer Führer, Jenosse Wilhelm Pieck!" Ja, so war es! „Der Insulaner hofft unbeirrt, dass seine Insel wieder en schönet Festland wird!"

Dieser Wunsch ging erst nach vielen Jahren in Erfüllung. Sehr viele Menschen, die auf die Wiedervereinigung gehofft hatten, haben sie nicht mehr erlebt!

Rudolf hatte inzwischen eine sichere Anstellung als Abteilungsleiter in der Deutschen Bau-Akademie angetreten. Toll! Es ging aufwärts! Leider war das, was für uns so schön war, gewissen Leuten „ein Dorn im Auge"! Das wollten wir aber vorerst nicht wahrhaben!

Im Westsektor kaufte ich herrliche Stoffe. Bei einem Spaziergang in Karlshorst entdeckten wir an einem Gartenzaun das Firmenschild einer Modistin. Das war ein Glücksfall! Frau Lampe, eine Jüdin, nähte die herrlichsten Kleider für mich. Rudolf und ich freundeten uns mit ihr an, und sie erzählte uns viel aus ihrem Leben. Sie zeigte uns einen alten Reisepass, der mit Stempeln aus allen möglichen Ländern versehen war. Wir staunten! So etwas hatten wir noch nie gesehen. Wir plauderten und unterhielten uns häufig über Politik. Dabei verzehrten wir mit Genuss dünne Scheiben einer Marzipanwurst, die Frau Lampe von Freunden aus dem Westsektor, aus der westlichen Insel in der russischen Besatzungszone, geschenkt bekommen hatte.

Als ich wieder einmal einen Stoff zu Frau Lampe bringen wollte, war sie nicht mehr da - einfach weg. Die Hausbesitzerin übergab mir den letzten Stoff, den ich zu Frau Lampe gebracht hatte: „Frau Lampe ist verreist! Sie meldet sich bei Ihnen, wenn sie zurück ist." Rudolf und ich wussten, wie die Hausbesitzerin auch, wohin diese Reise gegangen war; nur waren wir auf eine so „schnelle Ausreise" nicht gefasst.

Eines Tages erhielten wir Post von „Frau Hase", die uns in ihre neue Wohnung im Westsektor einlud. Wir besuchten sie gern und freuten uns, sie zufrieden und gut gelaunt anzutreffen. Sie bot mir an, zum Kurs 1:1 für mich weiter zu nähen! Leider konnte ich davon keinen Gebrauch machen, da es immer schwieriger wurde, etwas aus dem Westen mitzubringen. Die Kontrollen der Volkspolizei wurden häufiger und strenger! Sogar die Handtaschen wurden durchsucht.

Nach wie vor waren wir glücklich in der schönen Wohnung in Karlshorst, die einen besonderen Glanz durch ein Klavier erhielt, das mir Rudolf nach langer Suchaktion schenkte! Und wieder war es die Musik, die mein Leben bereicherte. Ich suchte Kontakte zu Musiklehrern und fand in der Nachbarschaft eine Klavierlehrerin, die ich aufsuchte. Ich erzählte ihr, dass ich meinen Gesangsunterricht bedingt durch einen Umzug abgebrochen hatte. „Dann singen Sie mir doch mal was vor!" Frau D. begleitete mich zu Schuberts „Forelle". Sie begann erst gar nicht mit dem Klavierunterricht. „Sie suchen doch gar keine Klavierlehrerin! Was Sie suchen, ist ein Gesangspädagoge!" Sie gab mir die Adresse einer Gesangspädagogin aus Lichtenberg, die Leiterin des Posener Konservatoriums gewesen war und nach der Flucht aus Posen in Berlin „privat" Gesangsunterricht erteilte.

Frau v. S. wurde meine Lehrerin. Ich konnte keine bessere finden! Ich lernte mit Begeisterung und durfte schon nach kurzer Zeit in ihren Konzerten mitwirken. Rudolf sang auch wieder mit, wie einst, obwohl er inzwischen nicht mehr den Wunsch hatte, Sänger zu werden.

Ins Kino zu gehen war wieder sehr beliebt! Viele Filme aus Amerika wurden gezeigt, und der amerikanische Luxus, zum Beispiel das Schaumbad, wurde sehr gern übernommen - wenn man denn ein Bad besaß und den dazugehörigen Schaum hatte! Das Whisky-Glas wurde geschwenkt, die Zigarette gehörte dazu – das alles wirkte lässig und wohlhabend. Zu diesem Luxus gehörten auch die Nylonstrümpfe, die der Modehit waren!

Leider war es nicht so, wie man glaubte, dass die nicht kaputt-
gehen würden. Nein, sie bekamen Laufmaschen! In den zahl-
reichen Buden vor den ausgebombten Geschäften in Westberlin wurden die Laufmaschen „aufgenommen". Junge Frauen
bedienten die tollen Apparate, mit denen so etwas möglich war,
und die Strümpfe waren wieder wie neu! Ja, die amerikanische
Kultur war doch recht beeindruckend.

In anderen Buden wurden Tauschgeschäfte und sogar Woh-
nungsvermittlungen angeboten. In der Satire lästerte man über
das „wohnungslose Wohnbüro". Vielleicht haben dort die Im-
mobilienmakler ihren Ursprung?

In das Wohnhaus in Karlshorst zog ein Ehepaar mit seiner
kleinen Tochter Ursel ein. Das war für unsere Tochter sehr
schön. Ursel wurde ihre erste Spielkameradin, und ich bekam
wieder einmal eine Superschneiderin. Ursels Mutter war ent-
zückt von den Stoffen aus dem Westen. Ihre Hauptaufgabe
bestand darin, alte Mäntel und Kostüme zu wenden, also das
Innere nach außen zu kehren, damit die Kleidung wieder trag-
bar wurde. Sie stöhnte über die mühsame Trennerei und Nähe-
rei, die sich eigentlich gar nicht so recht lohnte! Aber das war
nötig, denn es gab im Osten selten Kleidung zu kaufen. Kleidung im Westen zu kaufen wäre zu gefährlich und durch den
Wechselkurs nicht zu bezahlen gewesen. Sie hätte ein Vermögen gekostet, und niemand besaß ein Vermögen.

Unsere kleine Tochter wurde mit zwei Währungen konfron-
tiert, und sie wusste sehr schnell, die beiden Geldsorten zu un-

terscheiden. Inzwischen gab es im Osten eine Handelsorganisation, kurz „HO" genannt, die zu entsprechend hohen Preisen viele hochwertige Dinge in ihren Geschäften anbot. Als unsere Tochter etwas älter als zwei Jahre war, waren wir oft erstaunt darüber, was sie in aller Öffentlichkeit sagte. Dass man im Westen seine Meinung sagen durfte, damit im Osten aber vorsichtig sein musste, konnte sie natürlich noch nicht verstehen. Als ich in einem Geschäft der HO nach einem Artikel fragte, den es wieder einmal nicht gab, sagte sie laut und deutlich: „Aber in Opas HO gibt es alles!" Jeder wusste sofort, in welchem Sektor sich „Opas HO" befand!

Eines Tages fuhren wir nach Gesundbrunnen im französischen Sektor, um den Opa zu besuchen. Vor einem Fenster hing eine Fahne mit der Aufschrift „Eis", die unserer Tochter wohl bekannt war. Sofort hielt sie ihr Händchen hin und sagte zum Papi: „Gib mit bitte mal Geld!" Der Papi hatte ihr Ostgeld gegeben. Sie lief in Richtung Eisdiele. Plötzlich blieb sie stehen, betrachtete das Geld und kam geschwind zurück, hielt dem Papi das Geld hin und sagte: „Gib mir mal richtiges Geld!"
Kleine Kinder konnten mit ihren Äußerungen für die Eltern durchaus gefährlich werden. Es geschah nicht selten, dass Kinder von Passanten gefragt wurden: „Na, wo hast du denn die schönen Schuhchen her?"

Natürlich blieb so manchem Mann und mancher Frau nicht verborgen, dass wir Besuch aus dem Westen bekamen und dass so manches Kleidungsstück nicht im Osten gekauft worden war. Auch andere Kleinigkeiten, die man selbst nicht bemerkte, wurden registriert! Eines Tages sagte meine Putzhilfe zu mir: „Ich kann nicht mehr zu Ihnen kommen. Gegenüber die Frau J. will, dass ich bei ihr putze, und sie fragt mich ständig über Sie aus. Ich kann dann, wenn ich nicht mehr zu Ihnen komme, sagen, dass ich nichts weiß, denn dieser Frau kann ich nicht absagen....".

Es geschahen immer mehr merkwürdige Dinge, die wir inzwischen ernst nahmen und die uns eine Warnung waren. Wir fragten uns, ob unser schönes neues Leben nach den schweren Kriegs- und Nachkriegszeiten in Gefahr war? Wir waren glücklich, wir hatten eine kleine Tochter, Rudolf konnte weiterstudieren, um zu promovieren, ohne dabei seinen Posten bei der Bau-Akademie aufgeben zu müssen. Wir hatten Freunde aus Ost und West. Wir feierten fröhliche Feten in Ost und West! Wir musizierten mit Papa und mit Frau v. S. in musikfreudigen Häusern. Wir besuchten Opernaufführungen, und Papa und Rudolf besuchten an Sonntag-Vormittagen Beethoven-Konzerte unter Leitung von Prof. Abendrot. Es konnte eigentlich nicht schöner sein!

Aber da war doch wieder die Politik, die unser Leben verändern sollte! Rudolf schrieb für die Zeitschrift „Planen und Bauen" Artikel, die recht gut honoriert wurden und uns eine große, finanzielle Hilfe waren. Wir, insbesondere Rudolf, bemerkten immer wieder, dass ihm etwas Wesentliches zum Erfolg in der DDR fehlte: Die Mitgliedschaft in der SED! Ein damals prominenter SED-Journalist forderte ihn auf, in seinen Artikeln auf den hohen Stand der Technik in der Sowjetunion hinzuweisen und zu erwähnen, dass die uns doch immer einen Schritt voraus sei. Als Rudolf dazu nicht bereit war, wurde ihm gesagt, dass nun seine Artikel nicht wie zugesagt im Rundfunk verlesen und auch nicht honoriert würden! Damals wurden zu jeder passenden und unpassenden Gelegenheit die „hohen Errungenschaften der Sowjet-Union!" gepriesen.

Uns besuchte Gertrud, die Tochter unseres ehemaligen Treckführers aus Schlesien, mit ihrer kleinen Tochter. Sie war inzwischen mit einem hochrangigen Offizier der Volksarmee verheiratet und wurde in dessen Dienstwagen von einem Chauffeur gefahren. Wir tranken zusammen Kaffee und hatten einen netten Nachmittag. Gertrud wurde von ihrem Mann abgeholt, der uns total fremd war, der sich aber offenbar eingeladen fühlte. Er ließ sich häuslich nieder und drängte Rudolf ein Gespräch über Politik auf. Er lobte die Möglichkeiten, in der DDR voranzukommen. Schließlich sagte er wörtlich: „Dir fehlt nur Eines! Das Partei-Abzeichen der SED auf Deinem Revers!" Das war deutlich! Er hatte seinen Auftrag erledigt.

Am 5. Juni war Wahltag! Auswahl für diese Wahl gab es eigentlich nicht! An diesem Tag feierten wir den Geburtstag unserer Tochter mit Gästen aus Ost und West. Am späten Nachmittag klopfte es an der Wohnungstür. Zwei Männer, wahrscheinlich SED-Genossen, wollten uns zur Wahl abholen! Wir baten um Verständnis, dass wir jetzt nicht mitkommen könnten, aber wir würden, sobald sich die Gäste verabschiedet hätten, zum Wahllokal kommen. Die beiden Männer hatten nichts einzuwenden und verabschiedeten sich freundlich. Natürlich gingen wir zu der Wahl. Sicher würden wir zu den 96 % gehören, die die einzig richtige Partei, die SED, gewählt hatten. Eine Einheitspartei, eine einheitliche Meinung - schöner kann es doch nicht sein!

Eines Tages beim Einkaufen bemerkte ich, dass Frau J. von gegenüber wieder einmal hinter mir stand! Nun wollte ich der Sache auf den Grund gehen und wissen, ob es sich um einen Zufall handelt. Langsam ging ich die Straße entlang, sie blieb hinter mir. „Aha", dachte ich, „jetzt will sie wissen, ob ich in den Westsektor fahre!" Meine Schritte wurden schneller. Ich nahm nicht den direkten Weg zur S-Bahnstation, sondern ging in entgegen gesetzter Richtung und überquerte die Brücke der Bahnlinie. Sie folgte mir! Ich bog in die nächste Straße ein, wo eine Bekannte wohnte, klingelte und ging ins Haus! Frau J. wartete eine Weile, und ich wartete, bis sie sich entfernt hatte. Dann fuhr ich in den Westen. So ging das weiter! Konnte ich sie nicht „abschütteln", besuchte ich die Bekannte. Konnte ich sie abschütteln, ging ich zur Bahnstation. Es war so lächerlich! Sie wusste doch, dass ich sie bemerkte! Was wollte sie? Sehen, dass ich in den Westen fahre! Sicher würde sie dafür sorgen, dass ich nach einem Einkauf im Westen in eine Kontrolle gerate!

Es tat sich etwas in Ostberlin. Man hörte von Aufständen und Demonstrationen, was in der DDR höchst ungewöhnlich war. Die Stimmung war angespannt. Am 17. Juni 1953 war der Höhepunkt erreicht. Die Demonstrationen entwickelten sich zu einem Aufstand.

Eigentlich hatte der 17. Juni ganz normal begonnen. Rudolf war mit der S-Bahn zur Akademie gefahren, und ich nach Rummelsburg, eine Station von Karlshorst in Richtung Stadtmitte; dort wollte ich einen Arzttermin wahrnehmen. Klein-Gabi befand sich in der Obhut einer Nachbarin und spielte mit ihrer Freundin Ursel. Als ich gegen Mittag die Arztpraxis verließ, hatten sich schon viele Menschen auf der Straße versammelt, die eifrig miteinander diskutierten. „Die S-Bahn fährt nicht mehr!", sagte jemand. Was nun? Wie kommen wir nach Hause? Die Leute, die nach Karlshorst wollten, gingen am Bahndamm entlang, der Weg war ja vorgezeichnet. Ich schloss mich ihnen an. Die Menschen waren aufgeregt und redeten durcheinander! Was geschah an diesem Tage? Was würde das für Folgen haben? Man hörte sagen: „Bestimmt marschieren die Amerikaner ein", „Die Regierung muss weg", „Berlin muss wieder eine Stadt für alle werden", „Es darf keine Teilung mehr geben!"

Um Genaues zu erfahren, hörten wir den Sender Rias, der, anders als der DDR-Rundfunk, wahrheitsgetreu berichtete, was sich ereignete. Wir erfuhren, dass sich die Demonstrationen zu einem Aufstand entwickelt hatten und dass russische Panzer aufgefahren waren, um die Regierung zu schützen. Niemand war verletzt worden! Der Ausnahmezustand wurde ausgerufen! Zusammenkünfte, bei denen sich mehrere Personen trafen, waren verboten; sie wurden aufgelöst. Ab 21.00 Uhr durfte sich keiner mehr auf der Straße befinden!

Rudolf war noch rechtzeitig nach Hause gekommen. Er berichtete von dem Aufstand. Er hatte die Panzer gesehen. Er hatte allerdings keine Hoffnung, dass von diesem Aufstand eine Änderung herbeigeführt werden würde.

Für zwei Tage waren die Ostberliner „stark", da sie in naiver Weise hofften, die Amerikaner würden eingreifen.

Am nächsten Tag wurde eine lange Warteschlange, die sich vor einem Geschäft gebildet hatte, von einem russischen Soldaten überwacht! Ansammlungen von Menschen waren ja verboten! Aber wir fühlten uns so stark, dass wir sogar den Solden anpöbelten. Wir lachten ihn aus, weil er uns, die lediglich mit Einkaufstaschen erschienen waren, bewachen sollte. Wir hatten mehr Glück als Verstand! Er bedrohte uns nicht. Man hatte den Eindruck, als „höre er weg"!

Am Nachmittag des 18. Juni besuchten wir in Lichtenberg Rudolfs Freund Rolf, auch ein Ingenieur, und seine Familie. Wir diskutierten lange, und uns war bewusst, dass die Amerikaner in russischem Besatzungsgebiet gar nicht eingreifen durften! Es wurde ja eigentlich auch nicht gegen die Besatzungsmacht rebelliert, sondern gegen die SED-Regierung!

Natürlich würde sich nichts ändern! Dazu war diese Regierung nicht fähig und auch nicht bereit! Im Gegenteil! Nach diesem Aufstand würde sich alles noch verschlechtern! Man würde die „Schuldigen" suchen, und die Bespitzelung würde sich noch verstärken.

Wir hatten uns in Lichtenberg festgeredet. Es war schon nach 20 Uhr, die Straßenbahn würde nicht mehr fahren. Auf der

121

Straße war kaum noch jemand zu sehen. Wir hatten Glück, wir bekamen ein Taxi. Kurz vor 21 Uhr waren wir in unserer Wohnung in Karlshorst.

Es kam, wie wir es befürchtet hatten! Die Bespitzelungen wurden massiver. Wir wussten nun, dass auch wir bespitzelt wurden, zumal die russische Seite sehr an Ingenieuren interessiert war, die unter Wernher von Braun tätig gewesen waren.

Eine Bestätigung für diese Bespitzelungen erhielten wir bei unseren Freunden Hans und Inge in Westberlin. Inge berichtete: „Ich habe in Ostberlin für wenig Geld einen Pelzmantel gekauft. Auf der letzten S-Bahn-Station in Ostberlin geriet ich in eine Kontrolle. Ich musste aussteigen und mit den Polizisten in ein Büro auf dem Bahnsteig gehen. Man durchsuchte meine Handtasche und fand mein Notizbuch mit Eurem Namen und Eurer Adresse. Ein Polizist führte daraufhin ein Telefonat, und ich hörte, wie sein Gesprächsteilnehmer sagte: ‚Wird schon beobachtet!'". Unsere Freunde sicherten uns jede Hilfe zu, falls wir ganz schnell den Weg in den Westen nehmen müssten!

Nun wussten wir, dass wir uns in größter Gefahr befanden. Wir saßen auf dem Pulverfass! Jede Äußerung konnte gefährlich werden. Meine Eltern, die unsere besten Freunde waren, hatten wir eingeweiht; nun wussten auch sie, dass wir beobachtet wurden. Mein Vater kam uns jeden Abend besuchen, um sich zu vergewissern, dass wir noch in der Wohnung waren und uns auf freiem Fuß befanden.

Unsere Freunde in Ostberlin hingegen informierten wir nicht über diese Bespitzelungen, um zu verhindern, dass sie später einmal als „Mitwisser" bestraft werden könnten.

Natürlich wurden wir weiterhin zu großen Bällen eingeladen. Auf dem letzten Ball der Bau-Akademie, auf dem hohe Regierungsbeamte nicht fehlten, wurde getanzt, gelacht und unterhalten! So stellte ein Conférencier die Angestellten der Akademie als Fußballmannschaft vor. Es hieß „Barainsky rechts außen". Das konnte deutlicher nicht sein! Wer in gehobener Position nicht der SED angehörte, der war rechts! Ganz abgelegt haben wir diese Einstellung bis heute nicht - wer nicht zur derzeitigen Gesinnung steht, ist schlicht und einfach „rechts"! Auf unserem Heimweg in der S-Bahn kam ein Mann, der auch den Ball besucht hatte, auf uns zu. Er begrüßte uns freundlich und meinte mit ernstem Gesichtsausdruck: „Nun ist es aber Zeit, die Koffer zu packen, Herr Barainsky!" Ich habe Rudolf bewundert, wie er lächelnd, anscheinend amüsiert sagte: „Man muss doch einen Spaß verstehen!"

Wir redeten zu Hause über die Begegnung in der S-Bahn, die uns durchaus nicht amüsiert hatte. Ich fragte Rudolf, ob er diesen netten Herrn kenne und was er von dessen Äußerung halte. „Ich kenne diesen Mann, aber ich weiß nicht, ob die Äußerung eine freundliche Warnung war, oder ob er nur eine unvorsichtige Antwort auf ,das Kofferpacken' hören wollte." Also war Vorsicht geboten!

Rudolf erhielt eine Nachricht von seinem Doktorvater aus Dresden, dass er seinen Referenten zu ihm schicken solle. Herr

St. fuhr sofort nach Dresden. Bei seiner Rückkehr überbrachte er Rudolf die Botschaft, dass er zur Zeit nicht nach Dresden kommen solle und nichts, aber auch gar nichts unterschreiben solle. Diese Nachricht beunruhigte uns sehr. Auch Herr St., ein absolut vertrauenswürdiger Mann, mahnte Rudolf zu äußerster Vorsicht und wurde fast zu seinem Begleiter. Er hatte mehrere Jahre in Russland gearbeitet und kannte die dortigen Gepflogenheiten.

Von Professor P., Rudolfs Doktorvater, haben wir nie wieder etwas gehört!

Ich weiß nicht mehr, woher Rudolf den Rat erhalten hatte, sich an die Vereinigung der Freiheitlichen Juristen in Westberlin zu wenden. Er bat seine Schwester und seinen Schwager aus dem französischen Sektor, uns in Karlshorst zu besuchen. Mit den Verwandten aus dem Westen sprachen wir über unsere Situation, und die Schwester meines Mannes versprach, sich sofort an die Juristen zu wenden. Woher sie die Adresse der Juristen hatte, weiß ich auch nicht mehr! Wenige Tage nach diesem Gespräch kam meine Schwägerin nach Karlshorst und teilte Rudolf mit, wann und wo er die Juristen treffen solle – es eilte!

Meine Eltern waren anwesend, als Rudolf von seinem Besuch im Westen erzählte. Auf seiner Fahrt in den Westsektor war er „begleitet" worden. Trotz zweimaligen Umsteigens war der „Begleiter" nicht abzuschütteln! Erst, als Rudolf im Westsektor in ein Taxi stieg, gab der „Begleiter" auf. Rudolf vermutete, dass er kein Westgeld hatte.

Rudolf traf die Juristen in einem Hinterzimmer eines Lokals. Er konnte niemanden sehen, und das, was man ihm durch ein kleines Fenster sagte, hörte sich abenteuerlich an. Er brauchte kaum etwas zu berichten. Es wurde ihm gesagt, dass „sein Fall" den Freiheitlichen Juristen durch Fotokopien der Stasi-Akte bis ins Detail bekannt sei. Demnach stand Rudolf unter Spionageverdacht. Er sollte der Leiter eines Spionageringes sein, der Geheimnisse an Ingenieure im Westen weitergibt!

Die Freiheitlichen Juristen waren vollkommen unterrichtet! Rudolf sollte sich unauffällig verhalten, auf keinen Fall die Lebensweise verändern (auch ich nicht) und sich zu keiner unbedachten Äußerung hinreißen lassen. Ihm wurde versichert, dass er rechtzeitig Bescheid erhalte, wann er Ostberlin verlassen müsse. Rudolf fragte, woher und von wem er Bescheid bekommen würde. Er erhielt zur Antwort, dass er sich keine Sorgen zu machen brauche, es wäre alles bedacht, er solle die Ruhe bewahren!

Nach diesem Besuch atmeten wir auf! Wir waren erleichtert! Da war jemand, der uns helfen würde. Diesen Juristen haben wir mit Sicherheit das Leben in Freiheit zu verdanken! So viel Hinterhältigkeit wir auch erfahren haben – noch mehr selbstlose Hilfe erfuhren wir von Menschen, die für Gerechtigkeit kämpften.

Wie gut, dass Rudolf die Freiheitlichen Juristen aufgesucht hatte, denn jetzt setzte Schikane ein, die ihn in die Knie zwingen sollte!

Eines Tages kaufte sich Rudolf einen Anzug. Es waren einige kleine Änderungen notwendig. Ein netter Verkäufer, der vorgab, Schneider zu sein, bot sich an, diese vorzunehmen und den Anzug dann nach Karlshorst zu bringen. Zu unserer Verwunderung kam schon am Abend dieses Tages der Verkäufer - ohne Anzug - und bat Rudolf, ihm zu helfen. „Ich habe soeben die Entlassung bekommen! Ich soll gesagt haben, die Änderung nur für Westgeld zu machen!" Rudolf versprach, sich darum zu kümmern.

Am nächsten Morgen fuhr Rudolf in das HO-Geschäft und erklärte dem Geschäftsführer, dass der Verkäufer nie diese Forderung gestellt habe, was auch unsinnig gewesen wäre, da er kein Westgeld besitze. Er bat, den Verkäufer wieder einzustellen. Der Verkäufer wurde so schnell wieder eingestellt, wie er am Vorabend entlassen worden war. Hatte er seinen Auftrag erfüllt?

Rudolf hatte im Rahmen der Forschungsaufträge der Akademie auch einen Ingenieur aus Dresden mit Arbeiten beauftragt. Herr B. war ein sehr sympathischer Mann. Uns verband mit ihm und seiner Frau eine leichte Freundschaft, die sich festigen sollte. Herr B. übernachtete bei uns, wenn er länger als einen Tag in der Akademie mit Rudolf arbeitete. Er lud uns nach Dresden ein. Wir fuhren mit der kleinen Tochter in der Bahn nach Dresden, und zwar in einem Zug der Komfort-Klasse, dem „Fliegender Schlesier". Dieser Zug verkehrte nun zwischen Berlin und Dresden und trug inzwischen, nach Berliner Art, den Namen „Bonzenschleuder". Der Komfort dieses Zuges war besonders in dem wunderschönen Speisewagen zu spüren, wo den Gästen auf Wunsch Bohnenkaffee und bester Kuchen serviert wurden.

Bei der Familie B. war es sehr interessant. Herr B. war der Sohn des längst verstorben Besitzers eines Ofenbaubetriebes, der Sohn eines Kapitalisten - ein Schimpfwort der Arbeiterklasse. Herr B. und seine Familie erhielten als Strafe für ihre Herkunft nur beschränkt Lebensmittelkarten. Da es auch für einen Kapitalistensohn zu teuer war, in der HO, dem einzigen Geschäft, in dem es frei verkäuflich Lebensmittel gab, einzukaufen, gaben wir einen Teil unserer Lebensmittelkarten an die Familie B. ab.

Bei unserem Besuch in Dresden wurden wir trotzdem gut bewirtet, da Frau B. von ihren Eltern aus der französischen Besatzungszone ein Lebensmittelpaket bekommen hatte. Eltern im Westen waren genau so gefährlich wie Kapitalisten - vielleicht waren sie sogar Kapitalisten!

Auch erregte ein Cabriolet, das Herr B. aus alter Zeit hinübergerettet hatte, nicht gerade freundliche Gefühle. Wir fuhren stolz mit dem alten Prachtstück, das noch richtig fahren konnte, zu einem Picknick auf einer Wiese. Wir ließen uns im Gras nieder. Ein Bauer, der im Gegensatz zu uns ja noch richtig arbeitete - wahrscheinlich ein „Held der Arbeit" – vertrieb uns! Widerstandslos, uns entschuldigend, packten wir zusammen und fuhren an einen Platz, an dem wir keinen „Held der Arbeit" störten.

Rudolf sprach mit Herrn B. etwas offener über die Situation, in der wir uns befanden! Nach dem Besuch bei den Freiheitlichen

Juristen war unsere Lage für uns übersichtlicher geworden, da wir nun wussten, dass unsere Zeit in Karlshorst bemessen war. Als Rudolf Herrn B. mitteilte, dass er ihm wohl bald keine Aufträge mehr erteilen könne, war die Antwort: „Herr Barainsky, ich komme mit!" Das war eine Aussage, wie sie klarer nicht sein konnte! Rudolf war überrascht von dieser Reaktion des Herrn B.

Nicht genug damit: Herr B. gab Rudolf in einem vertraulichen Gespräch die Adresse seines Onkels, der in Düsseldorf ein Bauunternehmen besaß, und benachrichtigte diesen - ich weiß nicht wie - dass er bald mit zwei neuen Mitarbeitern rechnen könne.

Wir alle glaubten, dass die Nachricht der Freiheitlichen Juristen uns rechtzeitig erreichen würde, um Ostberlin verlassen zu können. Mein Vater aber verzweifelte an der drohenden Gefahr, dass wir verhaftet werden könnten. Er regte sich so sehr auf, dass er einige Monate vor unserem Weggang mit 57 Jahren an einem Herzinfarkt verstarb. Er war so glücklich darüber gewesen, dass wir nach dem Tod meines Bruders und nach der Flucht wieder eine harmonische Familie waren. Den Gedanken, dass dieses Glück in Gefahr war, hatte er wohl nicht ertragen können.

Unsere Familie war von dem Erlebten so geprägt, dass die Gefahren, denen wir weiterhin ausgesetzt waren, uns noch lange nicht zur Ruhe kommen ließen. Wenn wir des Nachts jemanden die Treppe heraufkommen hörten, fanden sich unsere Hände, und wenn sich die Schritte wieder entfernten, atmeten wir auf. Wie lange konnten wir das noch ertragen? Ohne Papa!

Meine Mutter kam nun fast jeden Tag nach Karlshorst, um in unserer Nähe zu sein. Jedes Mal, wenn sie wieder nach Hause fuhr, „nahm sie etwas mit", um es im französischen Sektor bei meiner Schwägerin abzugeben. Auch ich nahm oft den Weg in den Westsektor, und so retteten wir „taschenweise" einige nützliche Dinge. Manchmal allerdings fehlten diese Dinge dann im Haushalt. Und so kam es zu einer brenzlichen Situation, als Ursel, die Tochter der Nachbarin, von ihrer Mama geschickt wurde, um Kuchengabeln auszuleihen, da sie Besuch bekommen hatten. Von dem Besteck war ein Großteil bereits im französischen Sektor. „Ursel, sag deiner Mama, dass mir der Schlüssel zur Besteckschublade abgebrochen ist. Ich kann die Schublade nicht öffnen." Später, viele Jahre später, erfuhr ich von Ursels Mutter: „Wir haben damals gesagt: ‚Die Frau Barainsky hat das Besteck schon im Westen!'"

Allzu gern hätte ich den beiden Töchtern unserer Freunde das Klavier geschenkt. Rudolf warnte, dass wir dadurch uns und die Freunde als Mitwisser in Gefahr bringen würden. Es war nicht einfach, den Freunden gegenüber zu schweigen.

Und manchmal wurde diese Rücksicht auch missverstanden. Frau v. S. hat nie mein Schreiben beantwortet, in welchem ich ihr vom Westen aus mitteilte, weshalb ich nicht mehr zum Unterricht kommen würde. Später erfuhr ich, dass sie mir meinen „Mangel an Vertrauen" übel genommen hatte.

Rudolf schrieb in der Akademie an seiner Dissertation, und ich tippte den Text dann zu Hause auf der Schreibmaschine. Eines Tages war seine Arbeit aus dem Schreibtisch „verschwunden"! Was war jetzt zu tun? Nichts? Rudolf besprach sich mit H. St., der ihm riet, still zu schweigen. Es wäre zu gefährlich gewesen, sich an eine vorgesetzte Stelle zu wenden.

Die Aufklärung kam schneller, als wir dachten. Rudolf erhielt eine Einladung zu einer Feier, auf der ein „Kollege" für diese, seine Arbeit, ausgezeichnet wurde und dafür einen beträchtlichen Geldbetrag erhielt. Rudolf musste schweigen! Er musste diese Demütigung ertragen! Man lauerte doch nur auf eine spontane unbedachte Reaktion von ihm.

Diese Provokation war für uns ein Zeichen, dass wir nun wohl bald „die Koffer packen" müssten. Und so geschah es. Rudolf wurde durch jemanden, den er nicht persönlich kannte, mitgeteilt, dass er die DDR verlassen müsse - und zwar allein! Es musste unauffällig geschehen, so als wäre alles in Ordnung. Rudolf nahm Urlaub und fuhr an einem Morgen, dessen Datum vorgegeben war, mit der S-Bahn in die Stadt. Er hatte nur „leichtes Gepäck" bei sich, so als führe er zur Akademie. Ich begleitete ihn natürlich nicht zur Bahn. Von Stadtmitte aus fuhr er mit einem Fernzug in Richtung Westen.

Anfangs ging alles nach Plan, aber an der Grenze zum Westen nahm ihm die Volkspolizei sämtliches Geld ab. Nachdem die Grenze passiert war, gab ihm eine Dame in seinem Abteil 5,00 DM: „Damit Sie sich wenigstens ein Würstchen kaufen können." Rudolf bedankte sich sehr. Die beiden kamen ins Gespräch, und Rudolf erfuhr ganz nebenbei, dass er die

Schwiegermutter von Kurt Georg Kiesinger vor sich hatte. Sie war nicht damit einverstanden, dass Rudolf ihr die 5,00 DM demnächst zurück erstatten würde.

Am Tage nach Rudolfs Abreise fuhr ich zu meiner Schwägerin nach West-Berlin und erhielt dort die Nachricht, dass Rudolf gut in Düsseldorf angekommen sei und er sich nun wie besprochen, per Luftpost in West Berlin melden würde. Ich war sehr erleichtert, ja glücklich, dass alles gut gegangen war und er sich in Sicherheit befand. Der kleinen Tochter erzählte ich, dass der Papi nach Dresden gefahren sei - Dresden war ihr ja ein Begriff. Ich hörte, wie sie zu ihrer Freundin Ursel sagte: „Mein Papi ist in Dresden."

Zwei Tage nach Rudolfs Abreise suchte mich Herr St., Rudolfs persönlicher Referent, in Karlshorst auf, um mir zu sagen, dass ich mit dem Kind in der Wohnung bleiben solle, bis ich eine Nachricht erhalten würde. Ich habe ihn nichts gefragt. Er lächelte und wünschte mir und Rudolf alles Gute.

Meine Mutter war glücklich, dass Rudolf nun endlich - so sagte sie - die DDR verlassen hatte. Sie wusste, dass ich bald denselben Weg gehen würde. Sie wusste, dass sie Post von mir nur über meine Schwägerin erhalten würde. Ihr war auch bewusst, dass sie erst einmal alleine zurückbleiben würde. Wir hofften, dass sie uns später folgen könnte.

Rudolf war seit einigen Tagen nicht mehr zu Hause, als ich zu meinem Entsetzen feststellte ich, dass sein Gehalt noch nicht auf unser Konto überwiesen war. Unverzüglich suchte ich die nächste Telefonzelle auf und rief bei der Akademie an. „Ich habe festgestellt, dass das Gehalt meines Mannes noch nicht überwiesen worden ist und frage Sie, wann ich endlich damit rechnen kann!" Da ich keine klare Auskunft erhielt, spielte ich die Empörte. Ich beschwerte mich, dass mein Mann, der in Urlaub ist, nun auf Geld warten müsse. Zwei Tage danach war das Gehalt auf dem Konto. Ich atmete auf und war froh, dass ich nicht um das Geld gebeten, sondern es gefordert hatte.

Durch Herrn St. bekam ich neun Tage nach Rudolfs Abreise die Nachricht, die ihm „jemand" überbracht hatte, dass ich mit dem Kind zu einem vorgeschriebenen Datum abreisen müsse - keinesfalls mit der Bahn, sondern auf dem Luftwege.
In Westberlin traf ich mich mit unserem Freund Hans, der nun aktiv wurde. Er tauschte für mich Ost- in Westmark um, die ich aber nicht mit nach Karlshorst nahm. Er versprach, die Flugkarten zu besorgen und mich auf dem ersten S-Bahnhof im Westen auf der Fahrt zum Flughafen Tempelhof abzuholen. Nun konnte ich meinen Koffer packen. Natürlich konnte ich nicht viel Gepäck mitnehmen, ich musste ja auch auf das Kind achten. Der Kleinen erzählte ich freudestrahlend, dass wir zum Papi nach Dresden fahren würden!

Meine Mutter blieb die letzte Nacht, die ich in der Wohnung in Karlshorst verbrachte, bei mir. Ich übergab ihr den Wohnungsschlüssel und riet ihr, lieber nicht mehr nach Karlshorst zu fahren. Sie begleitete uns bis zur ersten S-Bahn-Station im Westen. Sie weinte! Ich tröstete sie: „Wir sehen uns sicher bald wieder."

Hans erwartete uns schon mit seinem VW, ein Wunderding für uns aus dem Osten. Mama stand und winkte, bis wir nicht mehr zu sehen waren. Sie war die erste, die sich an diesem Morgen von uns verabschiedet hatte.

Klein-Gabi war begeistert, dass der Onkel Hans uns mit dem Auto von der S-Bahnstation abholte. Sie wusste ja, dass wir jetzt zum Bahnhof unterwegs waren, von wo aus wir mit einem „richtigen Zug" nach Dresden fahren würden.

Wir fuhren aber nicht zum Bahnhof sondern zum Flugplatz nach Tempelhof! In der Halle erwartete uns meine Schwägerin, um uns alles Gute zu wünschen und der Kleinen ein Leckerli zu bringen.

Hans verabschiedete sich sogleich, er war zutiefst bewegt. Er versprach, unseren Kreis, den „Kreis der Spione", im Ostsektor zu benachrichtigen und ihnen die Adresse meiner Schwägerin zu geben, falls sie mit uns korrespondieren wollten.

Meine Schwägerin verabschiedete sich, als der Flug aufgerufen wurde.

Klein-Gabi wusste nun, dass wir diesmal nicht per Bahn sondern per Flugzeug nach Dresden reisen würden. Am Flugzeug wurden wir von einer Stewardess empfangen, die das Kind die Treppe hinauftrug und fragte, wo wir sitzen wollten. Es war eine Propeller-Maschine, und ich dachte, dass der sicherste Platz gleich hinter dem Cockpit sei und wählte diesen. Natürlich war ich aufgeregt und dachte: „Wenn wir nur nicht im Osten notlanden müssen!" Ich war noch nie geflogen und hatte schreckliche Angst. Beim ersten Anrucken ergriff ich das Ärmchen der Kleinen. „Halt dich ruhig fest, Mamli!"

Wir flogen bis Hannover und fuhren mit der Bahn weiter nach Düsseldorf. Wie erleichtert war ich, als wir dort aus dem Zug stiegen und Rudolf uns auf dem Bahnsteig in die Arme schließen konnte.

Endlich war die Zeit, in der wir von Unsicherheit und Angst begleitet worden waren, überstanden. Dieser Flug in den Westen war die zweite Flucht in meinem erst 27-jährigen Leben!

Der Vereinigung der Freiheitlichen Juristen verdanken wir unser Leben in Freiheit.

Weitere Bücher von Margarete Barainsky

Diese Alten. Roman. 2011.

Gleitzeitpensionäre. Roman. 2013.

Weihnachtsgeschichten. Kurzgeschichten. 2013.

Die Stille im Schnee. Roman. 2014.

Ein Winter im alten Europe. Roman. 2017.

Ein Weihnachtstraum. Kurzgeschichten. 2017.